ACTER
FILE

沐荻悠

「我叫做沐荻悠。妳呢？妳的名字是什麼？」

原為茗川高中三年級生，個性文靜內向，散發彷彿隨時會從世上消失的空靈氣質。一年前於學校的某棵櫻樹上吊自殺。

「只要讓我能順利通過那裡，
去社團照顧動物們就好，用什麼方法不重要。
那個……拜託了！」

如小動物般活潑好動且貪吃，好奇心旺盛卻很膽小。
做事非常有責任心且有愛心，是動物救援社社長。

尤亞

CHARACTER
FILE

冬青樹下的福爾摩斯

1

散狐 著
雨野 繪

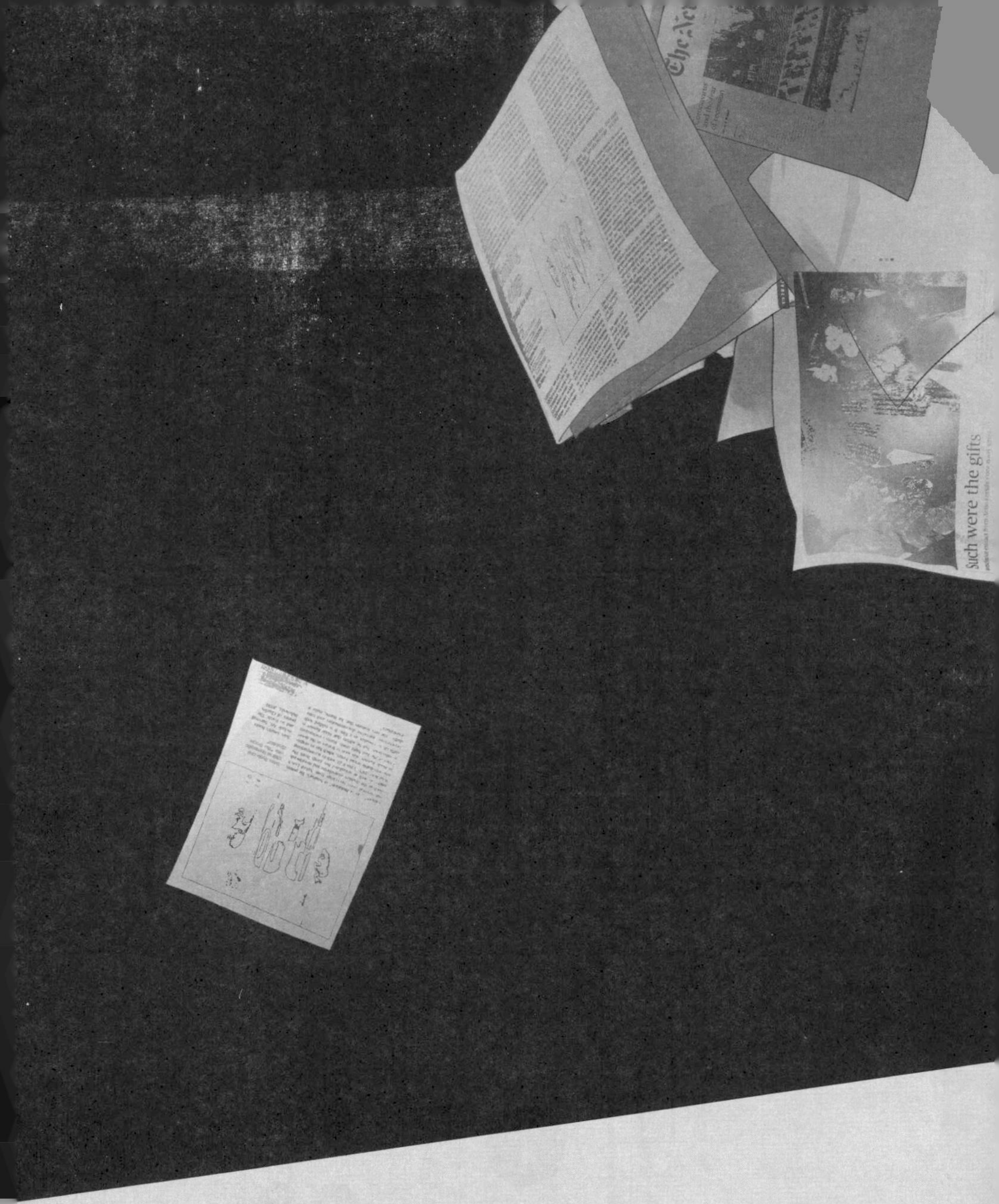
Such were the gifts

Contents

HOLMES UNDER THE HOLLY

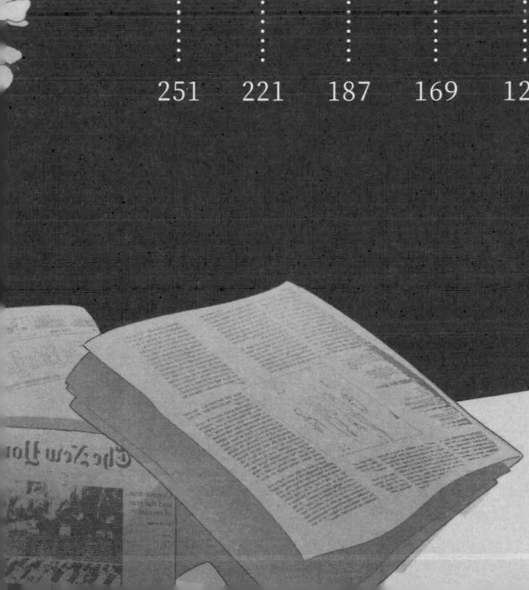

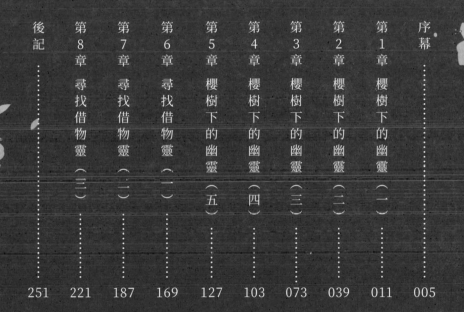

序幕

這是一個女孩遇見女孩的故事。

不，應該這麼說……故事的齒輪，從她目擊到「那個」的瞬間，才開始緩緩轉動。

自從進入茗川高中就讀以來，這還是尤亞第一次遭遇如此突然的邂逅。

僅僅是繞過體育倉庫旁的拐角，前所未有、前所未見，連她也不確定會不會出現第二次的光景，就這麼開展在眼前，讓她完全無法移開目光。

尤亞所見到的畫面，就是如此令人屏息。

簡單來說，校園後方的櫻樹下有個女孩。

像是即將融化的冰晶，又或是逐漸凋零的薔薇般，眼前的女孩散發出一種隨時會從世上消失的空靈氣息，一頭烏黑長髮隨著她仰起的脖頸向後披散，任由微風將之拂起。

即便隔著一層環繞校園邊界的鐵絲網，那樣的美貌依舊沒有被削減半分，如實映入尤亞眼中。

明明已經是要入冬的季節，獨自佇立在櫻樹下的女孩卻穿著不合時宜的夏季制服，異常惹眼。

和尤亞一樣的高中制服。

這意味著那個女孩和她一樣，也是茗川高中的學生，但尤亞卻怎麼也想不起自己有在校園內看過這個人。

也許只是一時間想不起來？

不，不對。

尤亞暗暗在心中修正前言。

這肯定是她們第一次相遇。因為那名女孩在夕陽映照下的身姿是如此充滿透明感，如果真的打過照面，哪怕只是擦身而過，自己也絕對不可能忘記。

似乎是察覺到尤亞的目光，女孩收回仰望櫻樹枝椏的視線，對她嫣然一笑。

「妳好。」

「妳、妳好？」尤亞一下子沒反應過來，只是愣愣地回了一句。

其實她心裡也知道，像這樣盯著人家看實在不太禮貌。然而雙眼卻怎樣也無法從這幅美景上移開。

染紅天際的晚霞、光禿禿的櫻樹枝椏，以及靜靜佇立其中的妙齡少女，一切的一切，都像是藝術家的作品般，縈繞著唯美的氛圍。

見尤亞遲遲沒有移開視線，櫻樹下的女孩輕聲挪動腳步，似乎打算轉身離去。

「等……等等！」皮鞋在草地上擦出的輕柔聲響才剛傳入耳中，尤亞就忍不住喊道。

下意識地呼喚。

如果在這邊錯過了，以後肯定不會有相識的機會——女孩身上散發出的氣息，就是給人這樣的感覺。

也許是聽到了意料之外的呼喊，女孩腳步一頓，緩緩回過頭。

這是尤亞第一次看清她的容貌。

儘管已經是櫻花落盡的季節，兩人四目相對的瞬間，尤亞卻幾乎能感覺到在四周飛舞的櫻色花瓣。

那是如人偶般細緻的五官，小巧的鼻尖、嘴唇，以及似乎正訴說著什麼的圓潤雙眼，都讓人不禁聯想到匠師精心雕塑的工藝品。

儘管如此，女孩那略為蓋住眉梢的瀏海和白皙的肌膚，卻提供適當的柔軟度，即使在不強調身體曲線的制服遮掩下，仍舊令人產生想將她大力擁入懷中的衝動。

立刻、馬上，將她緊緊抱住。

即便是同樣身為女性的尤亞，也不由得看呆了眼。

不過，假如真的這麼做了，眼前的女孩恐怕會像一縷輕煙般消失吧？不僅是從眼前，而是從這世界上消失。

那個人身上，就是存在著如此……幾近透明的氣息。

就算是與她四目相對的現在，尤亞也沒有真正感覺到對方的視線，那對空靈的雙眼，似乎正注視著更遠的彼方。

看著、卻又沒有看著，披散一頭黑髮的女孩像是與世隔絕般，獨自佇立於櫻樹下，整個人幾乎要融化在夕陽的餘暉中。

「那個……呃……」尤亞努力開口，語句卻顯得有些支離破碎。

「請問妳叫什麼名字？」

啊，搞砸了。

尤亞剛把話說完，就立刻陷入深深的懊悔中。

就連在車站前四處搭訕的男性，都能想出比這更好的問法。

這下要被當成奇怪的人了，不只一見面就死盯著人家看，還擅自問了名字，簡直沒常識到了極點。

怎麼辦？乾脆假裝沒事，直接轉身離開？這樣會不會更沒禮貌？

面對尤亞遞出的笨拙話語，櫻樹下的女孩只是微微一愣，隨即展開微笑。

「我叫做沐荻悠。」

三個音節的組合，如水面上蕩漾開的漣漪，沁入尤亞耳際。

「妳呢？妳的名字是什麼？」

「我……」完全沒料到能得到回應的尤亞有些慌了手腳。

「我是尤亞，一年三班的尤亞。」

「尤亞嗎……」自稱沐荻悠的女孩淺淺一笑，將幾綹散落的髮絲攏向耳後。

「我記住了。」

正當尤亞還想說些什麼時，一陣強風颳過校園，將無數枯葉捲起，飛揚的塵土刺地尤亞睜不開眼。等她好不容易抹去眼角溢出的淚水時，櫻樹下的女孩早已不知去向。
隔絕校園內外的鐵絲圍籬背後一片空蕩，就像不曾有人出現過。
這就是她與她相遇的契機。
也是一連串事件的開頭。

The New York
Coronavirus and the fear of recession
York Times

第1章

櫻樹下的幽靈（一）

「妳說……妳昨天在哪裡遇到了誰？」綁著高馬尾的女孩挑起眉梢，臉上寫滿疑問。

「咦？」尤亞張了張嘴，半晌後才重新開口。

「在社團教室那邊啊，體育器材倉庫後面、動物救援社的……」

「啊啊，是在說那附近嗎？」馬尾女孩撫了撫健康小麥膚色的臉龐，雙眼中浮現不確定，「可是……尤亞，昨天不是假日嗎？除了妳以外，真的會有人特地穿著制服跑來學校嗎？」

「呃。」被這個中肯到不行的問句堵住嘴巴，尤亞一時間說不出半句話來。

「但是、但是……我真的看到了啊，連那個女孩的名字都問到了呢……小靜？」

盯——

不顧周圍熙來攘往的同學，綽號小靜的馬尾女孩停下腳步，駐足在走廊中央直盯著尤亞。

「所以呢？那個女孩叫什麼名字？」

「好像叫……沐荻悠。」尤亞歪頭想了想。

儘管不清楚具體的寫法，但那如水波蕩漾的音節，仍深深烙印在她的腦海中。

「沐荻悠？沒聽過我們學校有這個人啊。」小靜支著下巴，露出有些微妙的表情。

「尤亞，妳還記得她的學號嗎？」

「那個……不記得了。」尤亞搖搖頭，下意識地縮起肩膀。

對啊，學號。

如果記住制服上的學號，不就能知道那個女孩的身分了嗎？

正當尤亞為自己的粗神經感到後悔時，小靜忍不住嘆了口氣。

「哈啊……學號的顏色呢？有看清楚顏色的話，至少能知道她是幾年級的不是嗎？」

「啊，對哦。」一被這麼提醒，尤亞連忙抬起頭。

茗川高中制服的胸口位置，按照規定都繡有該名學生的學號。除了標明號碼外，學號的繡字也按照年級分為藍、紅、黃三種顏色。目前尤亞所處的一年級是藍色，二年級的在校生是紅色，三年級則是黃色。

那麼，昨天傍晚遇見的那個女孩，學號是什麼顏色？

「唔唔……」尤亞緊按額頭兩側，努力挖掘記憶深處。

「好像……是藍色。」

「好像？」小靜毫不掩飾地露出傻眼的表情。

「抱、抱歉，因為和她見面的時間不久，沒辦法好好確認……」

「算了算了，如果真的是藍色的話，就代表那個叫沐荻悠的女孩子也是一年級吧？那就簡單多了，只要一班一班問，總能找到的。」小靜隨性地揮揮手，打算就此下結論時，一股異樣卻在心中蕩漾開來。

有某個地方不太對勁。

「尤亞，妳說那個女生穿的是夏季制服？」

「嗯，我應該沒看錯。」關於這點，尤亞相當篤定。

因應逐漸變冷的天氣，學校前不久才宣布全面換季，現在穿著短袖、短裙的女學生可說是一個也沒有。

所以不可能看錯。

「這就怪了。」小靜摀住嘴唇，眼神變得銳利。

「按照常理，假日會去學校的學生，除了尤亞之外……也只有像我這種運動社團的人了吧？」

「是、是這樣沒錯。」尤亞連忙點頭。

從國中就和尤亞相識的小靜，雖說名字裡有個「靜」字，但其實一直都很擅長運動，不論是球類還是田徑都擁有主將級別的實力，因此小靜的人脈算是相當廣泛，這也是尤亞一開始就找她商量的原因之一。

「不過，我從來沒有在哪個運動社團聽過沐荻悠這個名字。再說……如果真的是我不認識的社員，來學校的時候總該穿著體育服而不是制服吧？何況還是夏季的……嗯……」

說著，小靜再度陷入沉吟。

還沒等兩人得出結論，第一節課開始的鐘聲便在校園響起，四處閒晃的學生們一個個加快腳步回到教室。沒兩三下，走廊就變得冷清許多。

「尤亞，如果妳還是很在意的話，我下節課再幫妳問問社團的朋友如何？」小靜一面順著人流往教室走，一面轉頭說道。

「嗯，謝謝妳，小靜。我之後也去其他班找找看。」尤亞握緊拳頭，擺出「加油」的手勢。

老實說，尤亞一直以來人緣都不錯，認識的朋友也多，但像這樣積極去查找別人的身分，倒還是第一次。

要問為什麼……果然還是因為她從那個女孩身上，察覺到了某種東西。

某種……「理由」。

會在那個時間、用那副打扮出現在校園，肯定有什麼原因。那種感覺就像在文章中突然出現前言不接後語的斷句般，充斥著滿滿的違和感。

然後，很遺憾的，尤亞偏偏是遇到有趣的事情就想追根究柢的個性——簡單來說就是八卦。

「妳到底是誰……又為什麼會出現在那裡呢？」喃喃自語殘留在唇邊，尤亞腦中不由得浮現前一天目睹的場景。

那抹背對夕陽的身影，就像是在訴說什麼一樣，散發著神秘的光芒。

「至少得弄清楚她在哪一班才行。」尤亞下定決心後，便跟著小靜走進教室。

如果此時的她知道，由自己發起的這場尋人行動會引來怎樣的後果，或許就會做出不一樣的決定……

不過那都是後話了。

◆

「尤亞。」

小麥膚色的手掌按上桌面。

午休期間，班上的同學們紛紛離座活動，教室一時間被喧囂的背景音填滿，熱鬧非凡。

然而，主動來到尤亞桌邊的小靜表情卻有些古怪。

「小靜？」正收拾著桌面的尤亞抬起頭，臉上浮現一絲期待，「妳幫我問社團的人了嗎？結果怎麼樣？」

「問是問了啦……」小靜撫了撫頸側，臉上顯得有些為難。

「尤亞，我問妳，妳下課時間有去其他班看過了嗎？」

「當然有啊。」尤亞毫不猶豫地點頭，淺著波浪捲的短髮隨之搖晃。

「那、有找到那個叫做沐荻悠的女生嗎？或長相接近的人之類的？」小靜進一步追問下去，語氣中隱隱透出急迫。

但這回尤亞只能搖搖頭。

事實上光是今天早上的下課時間，她就來回跑了一年級的所有班級好幾趟，甚至連高二、高三的教室都沒放過。但不論進行如何精細的地毯式搜索，都還是不見沐荻悠的身影。

簡直就像人間蒸發……或是打從一開始就不存在一樣。

「這樣啊……」小靜的馬尾垂了下來，「我問過社團的朋友了，他們也都說不認識沐荻悠這個人。」

「那果然是我搞錯了嗎？其實她不叫那個名字，或根本不是我們學校的學生之類的。」尤亞無奈地搔著臉頰，露出苦笑。

實在找不到的話也沒辦法，就當作是一次奇妙的邂逅吧。

才正打算放棄，小靜下一秒脫口而出的話語，讓她思緒一滯。

「不過，有個新聞社的社員說她有聽過『沐荻悠』這個名字。」

「咦？」尤亞眨眨眼，一下子沒能意會過來。

不認識那個人，卻聽過名字？這是怎麼回事？

「小靜，那是什麼意思？」

小靜臉上浮現前所未有的複雜神情。糾結半晌後，才悄悄湊到尤亞耳邊。

「那個……一開始我看到剪報的時候也不太相信，嘛，總之妳也別太放在心上啦，這種事活久了難免會碰上，畢竟夜路走多了就會那啥……」

「小靜，妳在說什麼啊？」面對好友前言不對後語的回答，尤亞滿頭問號。

「聽了不要嚇到哦，尤亞。」小靜深深吸了口氣。

「那個叫做沐荻悠的女生啊，一年多前在學校後面的櫻樹……上吊自殺了。」

「欸？」尤亞張大嘴巴。

上吊？自殺？

那麼，昨天傍晚出現在櫻樹下的……是誰？

或者該說，是什麼？

「小靜，這件事妳是聽新聞社的人說的嗎？」

「是啊，他們社長還拿了新聞剪報給我看……尤亞，妳要去哪裡？」

「我要自己去問清楚。」沒等小靜反應過來，尤亞便一股腦地站起身，快步跑出教室，途中還不小心撞到某位趴著睡覺的男同學的桌面，讓他渾身一震。

「尤亞，等一下！」小靜連忙追出去，匆忙之間，又狠狠踢到同個座位的桌腳，讓半夢半醒的男孩又是一震。

「……？」

過了十幾秒，半睜著眼的男孩才勉強直起背，任由柔順的黑髮蓋過額際。

他左右張望了兩眼，發現肇事的人早已逃得不見蹤影，連句道歉都沒留下。

「……」

男孩將臉龐埋回臂彎，緩緩閉上雙眼。比起表達不滿，他似乎更傾向把時間花在補眠上。

一秒、兩秒……

男孩回歸沉睡。

◆

因為尤亞的闖入，今天午休期間的新聞社社辦比往常熱鬧許多。

「如果妳感興趣的話，可以看看當年那起事件的剪報。」戴著厚厚鏡片的新聞社社長從架子上抽出文件夾，交到尤亞手中。

綁著兩股辮的女孩舉止相當斯文，連講話都輕聲細語，與社長那種號令全局的既定印象不太搭調。

幾分鐘前這個女孩還被尤亞進入社辦時猛烈的推門聲，和響徹室內的「打擾了」給嚇了一跳，直到現在都不太敢和她四目相對。因此幾乎所有具實質意義的對話，都是由小靜代替兩人完成的。

「謝謝妳。」尤亞低下頭，對怕生的新聞社社長道謝後，在社辦中央的長桌上攤開文件夾。

剪報的內容比想像中還要少。整理、存放在文件夾塑膠膜中的資料，只有薄薄兩頁，在報紙上占據的版面更是小得可憐。

「剪報會這麼少，是因為校方把消息壓下去了，畢竟不是多光彩的事情。」社長低聲說道，「當事人的姓名、長相也沒有公布，只知道是一位沐姓的三年級女學生而已。」

「既然這樣，妳怎麼能確定我看到的就是那個女生呢？」尤亞提出疑問。

正如社長所說，剪報上的資訊稀少到幾乎沒有參考價值。即便如此，她仍一口咬定尤亞在櫻樹下遇見的，和一年前過世的女孩是同一人，也難怪會被出言質疑了。

「尤亞，這件事情……」

「李靜，沒關係。」社長舉手制止正想幫忙說明的小靜，推了推眼鏡，「之所以會這麼說，是因為那個叫沐荻悠的女同學……曾經在新聞社當過幹部，也就是我的學姐。」

「咦？」尤亞愣了一秒，才勉強反應過來。

「所以說，妳們其實認識……？」

「嗯，雖然當時我才一年級，沒怎麼和她說過話。」社長輕輕點頭。「聽到李靜在四處打聽這個人的時候，我就想起來了，畢竟她的名字很特別。」

沐荻悠。

如水波漣漪般的名字，確實令人印象深刻。

「妳遇到的那個女孩子，是不是留著長髮，眼睛大大的，看起來好像隨時都在笑？」新聞社社長簡短敘述記憶中前輩的模樣，稍稍舉起手掌，在自己額頭斜上方比了比，「然後個子大概這麼高，身材也很好。」

「嗯，對。」尤亞才剛反射性地點頭，背脊就涼了半截，「等、等等，妳們兩個的意思該不會是……」

「尤亞，妳那時候看到的學號顏色，是和我們一樣的藍色，對吧？」李靜扯了扯制服胸口，深藍色的電繡數字在布料上微微晃動。「如果是大我們三屆的學長姐，學號的顏色也會是藍色。」

「對哦……」尤亞愣愣地張大嘴巴。

自己一直下意識認為，同樣擁有藍色學號的學生就一定是一年級，完全忽略了這種可能性。

「該該該該該不會我遇到的是幽靈？」

「李靜，你朋友挺有趣的嘛。」社長指著牙關咯咯打顫的尤亞，一臉平淡。

「沒關係的，尤亞，人活著本來就會遇到一些怪力亂神的事，多拜拜就好。」李靜一把攬住尤亞的肩膀，忍笑安慰道。

「也也也也也是……」

「不過我之前聽說啊，我們學校有學生在舊校舍試膽的時候看到怪東西，回家之後，就發現有個奇怪的黑影蹲在房間角落，好像……好像是以前在那邊跳樓的女學生怨靈哦！」

「咿咿咿咿咿咿咿咿?!」

「開玩笑的，我們學校根本沒有那種傳說。」

「小靜！」

「抱歉抱歉，因為妳的表情真的太好笑了。」李靜笑著擦去眼角泛出的淚水，絲毫沒有體恤好友心情的意思。

「總之，不論真實情況是怎樣，我都不建議妳再靠近那一帶了。」社長推了推眼鏡，以此作結。「妳明白的吧，學妹，獵奇恐怖電影裡總有一些死不信邪的角色，老喜歡說些『怎麼可能是真的』『不可能是我碰見』之類的傻話，然後第一批下去領便當。如果還有點危機意識的話，妳最好嚴肅對待這件事情比較好。」

「可是，那個地方在我的社團教室旁邊，要是刻意避開的話……」

「啊，對欸。」李靜突然想起，舉手按住額角，「尤亞不去的話，波可和社團的其他動物會沒人餵。」

「波可?」

「尤亞是動物救援社的社長，也是唯一一個社員。」李靜向滿臉疑惑的眼鏡女孩解釋道，「波可是社裡養的狗，其他還有像是街貓、兔子之類的動物要照顧。」

「嗯……如果找個人幫忙餵呢?」新聞社社長提議。

「不行，有些孩子看到陌生人會緊張，而且大家的飯量和飲食習慣都不一樣，如果不是待過社團的人，很難馬上掌握。」尤亞搖搖頭，臉上難掩糾結，「而且我認識的朋友們大部分都有參加社團，怎麼能因為這種事情，就要他們放下手邊的事來幫忙，這樣不行的……」

身為現役女高中生，尤亞當然也看過一些獵奇電影或電視劇，聽完新聞社社長的解說後，心裡毛骨悚然。說實話要不是身邊還有李靜陪著，她恐怕已經怕地哭出來了。

但只要事情關乎社裡的動物們，她就不能退讓。

「沒問題的，我沒做什麼虧心事，平時也有好好燒香拜拜，只要經過那附近時不要左右亂看，肯定不會出事的。」

「話是這樣說沒錯……不過尤亞，妳的腳在抖哦?」李靜無言地指著尤亞像初生小鹿般抖個不停的雙腿。

「這這這種程度不算什麼啦!」尤亞扶著桌角，死命撐開笑容，空著的那隻手在胸前高速畫著十字，「就算真的發生了什麼，我家的祖靈也會保護我的，應該吧？阿們！」

「不，妳根本不信教吧，而且『阿們』才不是這樣用的。」尤亞說的話裡槽點太多，讓李靜一時間不知道從何開始吐槽，只能頭疼地扶著額頭。

「唉，總之事情就是這樣，我也有田徑社的練習得參加，沒辦法去動物救援社幫忙。關於這件事妳有什麼建議嗎？怎麼讓尤亞避開幽靈之類的？」

收到李靜詢問的視線，社長猶豫一會兒才低聲開口，「如果是那個人的話，也許有辦法。」

「那個人？是認識的靈能力者嗎？」尤亞提起興趣，原本還咯咯打顫的牙關稍稍緩了下來。

「怎麼可能，又不是什麼三流的輕小說，靈能力者哪是這麼容易出現的東西。」社長推了推眼鏡，滿臉不以為然。「那個人我不算認識，只有聽過傳聞，聽說他剛入學不久，就憑一己之力破解茗川高中七大不可思議之一哦。」

「咦？七大不可思議嗎？」尤亞微微睜大眼。

雖然對恐怖的話題沒什麼免疫力，但像這種每個校園都會有的都市傳說，她倒是挺感興趣的。

「詳細情況我也不清楚，是聽新聞社的學弟妹們說的。」社長從胸前掏出筆記本，小心翼翼地翻了翻，「那個人的名字和班級我有特別記下來，妳們可以去找他問問……

雖說不保證有用就是了。」

尤亞和李靜面面相覷。說實話，為了這種事情特地去找陌生人尋求建議，感覺還挺奇怪的，說不定還會被對方認定為怪人，讓她們有些踟躕。

不過，在聽到眼鏡女孩念出的姓名、班級後，尤亞和李靜不禁同時叫出聲來。

「一年三班？」

「夏冬青？」

「嗯，就是他，妳們認識嗎？」社長又推了推眼鏡，似乎對兩人的反應提起了興趣。

「與其說認識……」

「那傢伙就是我們班上的同學啊。」

尤亞和李靜一左一右露出不確定的眼神，以為事情會出現轉機的期盼，迅速從她們臉上消退。

「那個人怎麼了嗎？」察覺到兩人有些洩氣，社長問道。

「沒什麼沒什麼。」尤亞笑著搖搖手，偷偷用手肘頂頂李靜，「那個……謝謝妳抽空陪我們商量。我跟小靜待會還有事得先離開了，不好意思哦。」

「啊啊，對。」慢了一拍才意會過來的李靜趕緊點點頭，一邊和尤亞交換眼神，一邊順勢說道，「我們去問問動物救援社的顧問老師，能不能暫時代替尤亞照顧波可他們一陣子。」

「那就祝妳們好運了。」社長舉起手，淡淡向兩人揮別，「如果之後還有發生什麼有趣的事情，記得跟我說一聲，說不定能用在最近一期的校刊上。」

「好，那就下次見囉。」李靜推著尤亞走出教室，臨走前不忘回頭向眼鏡女孩揮了揮手，「謝謝妳提供的資訊。」

「不客氣，再見。」新聞社社長靜靜舉著手，目送兩人離去。

直到門板關上，女孩才悄悄推了推眼鏡，鏡片的反光在室內一閃，露出遮掩在後的銳利目光。

「……幽靈嗎？如果真的存在，事情就有趣了。」

尤亞和李靜並肩走在走廊上，兩人相當有默契地不發一語。

被捲入靈異事件的不安壓在心頭，讓頭皮隱隱發麻。特別是親眼目睹「幽靈」的尤亞，在恐懼和身為動物救援社唯一社員的責任感糾結下，連呼吸都有些困難。

為什麼會碰到這種事？為什麼偏偏是自己？

尤亞緊緊咬住牙關，紊亂的情感幾乎要從雙眼滿溢而出。

肯定有哪裡搞錯了，這可是……這可是正正經經的現實世界啊！那種怪力亂神的東西早該在上個年代就滅絕了。對吧？對吧?!

……不過。

好美。

一想起那位仰望櫻樹的女孩，尤亞就不禁屏住氣息。

明明已經是繁花落盡的季節，那抹身影出現在樹下時，四周卻像是飄滿紛飛的櫻花花瓣般，顯得無比光彩奪目。

不論是不是鬼魂，那幅景象都讓人難以忘懷。

「尤亞，妳打算怎麼做？」李靜悄聲打破沉默，高高紮起的馬尾在腦後一搖一晃。「印象中動物救援社的顧問老師也沒在管事，我們不可能真的去找他吧？」

「嗯，這是當然。」尤亞嘆了口氣，心情又一口氣盪到谷底。

不管再怎麼美，名為沐荻悠的女孩早在一年前就死去了，現在盡量避免和她有任何接觸才是明智之舉。

尤亞可不想變成驚悚片裡早早領便當的角色。

問題是社團收養的動物們還是得吃飯，就算求助李靜以外的朋友，也不能保證他們不會被幽靈纏上。

明知可能會有危險還把朋友們推上刀山火海，這種事情她做不到。

「還是乾脆就……真的去問問那傢伙？」李靜輕咳一聲，眼神有些游移。

兩人正好在三班的教室前停下腳步，午休期間的喧鬧直到此刻仍沒有減弱的趨勢，隔著玻璃窗能看到同學們小群小群地聚在一起，室內鬧哄哄一片。

除了某個角落外。

相較瀰漫於整間教室的熱鬧氣氛，靠近窗邊的一角顯得特別安靜。微風從大開的窗戶吹入，拂過沉睡臂彎間的男孩身邊，讓他柔軟的髮絲微微揚起。

「妳說夏冬青嗎？」尤亞無奈地笑了笑，「他那個樣子，總感覺不太好搭話呢……」

身為同班同學，她們當然知道夏冬青是誰。不論晴雨、不論何時，他總是滿臉想睡地趴在桌上。課堂上不必說，就連休息時間也很少看到他起身走動。

這樣的狀態自然讓學校老師相當頭痛，偏偏夏冬青的成績又好得讓人無從置喙，就算不聽課、不交作業，所有考試也照樣高分通過。久而久之，教學風格漸漸開放的茗川高中老師們，也乾脆由得他去了。

於是，男孩就這麼日復一日地趴在臂彎中沉睡。

拜此所賜，班上幾乎沒有人和夏冬青說過話。因此當新聞社社長提議去找他商量時，尤亞和李靜才顯得猶豫不決。

一般來說，和那種怪人扯上關係一點好處也沒有。一個弄不好說不定還會被認定為問題分子，遭到同學們的排擠，這在高中生眼中可是相當嚴重的事情。

況且夏冬青曾破解校園都市傳說的傳聞，也只是新聞社社長的片面之詞，光可信度就得打上問號。值不值得為此採取行動，是需要深思的問題。

「果然……還是算了。」尤亞垂下肩膀，緩緩搖頭，「突然找不熟的人商量這種事感覺好怪，而且搞不好他根本不會理我。」

「這倒是真的。」李靜朝教室內望去，見兩名男同學經過夏冬青所在的角落，其中一個黑髮男生一邊和同伴聊天，一邊做出翻身跳投的姿勢，把手中的紙屑扔向垃圾桶。

黑髮男孩過大的動作，讓他不小心撞上一旁的座位。在桌面劇烈地晃動下，夏冬青終於抬起頭，他瞥了眼為朋友冒失行為道歉的高大金髮男孩，又再度趴回臂彎，渾然沒把身邊的吵雜當作一回事。

「唉，仔細想想，會覺得那種人能破解校園都市傳說，肯定哪裡搞錯了。」看著夏冬青那副懶散的模樣，就連李靜也受不了地搖搖頭。

「尤亞，我看妳還是別指望他了，自己小心點還比較實在。」

「我也這麼覺得……」尤亞嘆了口氣，心情不由得沉重起來。

如果是平常的她，碰上這種事件之後肯定打死也不會再接近那邊一步，但現況不容許她這麼做。

包括可愛的小白狗波可在內，社團還有許多動物們仰賴尤亞的餵食。再怎麼說，也不能因為自己的膽怯就放任牠們餓肚子。

事到如今，只能祈禱一年前就自殺身亡的幽靈女孩——沐荻悠，別繼續出現在那棵櫻樹下了……至少別在自己經過時出現。

尤亞雙手用力合十，誠心誠意地祈禱。

「尤亞，只是今天一天的話，我還能陪妳走去動物救援社哦？雖然不能待太久就是了。」李靜貼心地提議。

「沒關係，我一個人可以的，畢、畢竟還有波可在嘛。」

「妳確定？一個人去鬧過鬼的地方不會覺得可怕嗎？」

「一一一一點也不可怕哦?!」

「嗚哇，還真是有說服力的回答呢。」李靜摀著嘴拚命忍笑，順手拍拍抖個不停的尤亞，「放學後一起過去吧，雖然只能陪妳走到社團教室，之後我就得去參加練習了。」

「小靜嗚嗚嗚，妳真是天使！」

「反正也算順路啦……喂，別哭！別把鼻涕抹在我身上！」

「幽靈好可怕啊嗚嗚嗚嗚……」

緊緊抱住李靜的尤亞哭得一把鼻涕一把眼淚，將壓抑一整個午休的恐懼徹底發洩出來。

也許是被不同於嘈雜背景音的哭聲驚動，教室一角的夏冬青微微睜開眼，略帶睡意的目光掃過四周，最後停在窗外的兩名女孩身上。

接著緩緩閉上。

轉動起來的思緒讓疲累又加重了些，於是他反射性地放空意識，重新沉入夢鄉。

男孩的肩膀規律起伏，完全不把周遭喧鬧的環境當作一回事。

略帶悶熱氣息的正午之風拂過窗沿，遮陽用的淺色窗簾隨之搖曳。一絲光線透過布簾敞開的縫隙透入室內，在夏冬青手邊投下一小片亮光。

◆

時間快進到放學後。

在李靜的陪伴下，尤亞順利抵達體育倉庫旁的動物救援社。當然，兩人在行經校園後方時，也難以避免地從「那個地方」走過。

隔著鐵絲圍籬，能看到孤零零的櫻花樹正矗立於夕陽之下。不過，這次樹下沒有出現任何人的身影。

「就是那裡嗎？」注意到尤亞目光不自然地游移，李靜低聲詢問。

尤亞默默點了點頭，肯定這個猜測。

種有櫻樹的空地與通往住宅區的小巷相連。也許是平時沒什麼人在這附近走動的關係，略有起伏的小片空地有些冷清。

即便如此，眼前的校園一角看起來也相當普通，完全不像是下一秒就會發生靈異事件的樣子。

膽子比較大的李靜朝鐵絲圍籬走近幾步，往另一頭張望了幾眼，當然什麼也沒發現。

「小靜，走了啦。」尤亞不安地拉拉李靜的衣角。重返碰上幽靈的地方讓她心裡有點毛毛的，要不是李靜還待在身邊，她恐怕已經拔腿逃跑了。

不過，就算要跑也跑不了多遠，動物救援社的社辦就在前方轉角。換句話說，這塊種有櫻樹的空地是前往社團的必經之處，完全沒給人繞路或避開的餘地。

李靜又朝樹梢瞥了兩眼，才回到尤亞身邊，和她並肩走向小徑深處。

「尤亞，妳確定沒有記錯嗎?這地方感覺挺普通的啊。」

「不會記錯的，一定。」尤亞握緊拳頭，與名為沐荻悠的女孩相遇的那一刻，仍清晰浮現於腦海中。

女孩帶著透明感的絕美容顏，以及像是在訴說什麼般的明亮雙眼，直到此刻仍深深烙印在尤亞的記憶。正因如此，她才會去嘗試打聽沐荻悠的真實身分。

所以不可能搞錯，一定不會。

「那我就陪妳到這裡哦?時間差不多了。」李靜看看手機，距離田徑社的例行訓練大約只剩兩、三分鐘。幸好這裡離操場不遠，只要快跑過去，應該來得及在練習開始前趕到。

「再、再陪我一下下嘛……」

「抱歉啊尤亞，要是遲到的話教練會生氣的，明天見囉。」丟下這句話，李靜便邁開長腿往操場跑去。

目送搖晃的馬尾消失在轉角，尤亞忍不住縮起肩膀。從這個位置還是能清楚看到櫻樹光禿禿的枝椏，這讓一向對靈異話題沒有免疫力的她有些害怕。不過從身後傳來的抓門聲，讓尤亞迅速回過神。

或許是察覺熟悉的味道來到附近，又或許是聽到尤亞和李靜的交談聲，飼養在社辦的小狗波可發出可愛的嗚嗚聲，不斷用前腳撓著動物救援社的門。

細碎聲響替瀰漫周遭的死寂注入生命力。不知不覺間，尤亞緊繃的心神漸漸放鬆下來。

比起浪費時間害怕不知道會不會出現的東西，現在有更重要的事情得完成。

尤亞來到動物救援社前，用隨身攜帶的鑰匙解開鎖頭。

「大家都還好嗎？」

才剛把門板推開一條縫隙，小白狗波可就立刻撲了上來，對尤亞的臉龐一陣亂舔。

花了些時間給收養的動物們準備飼料，接著帶波可進行每天例行的散步，順便餵餵聚集在校園後方的街貓。一切都結束之後，再把社辦大致收拾整齊。

繁忙的例行公事，讓尤亞暫時將沐荻悠的事情趕出腦袋。

等到她終於鎖好門準備離開社辦時，時間已經接近晚上，只剩一絲夕陽的餘暉提供些許亮光，周圍幾乎是一片昏暗。

一旁的體育倉庫同樣傳來關門、鎖門的聲音，意料之外的動靜讓尤亞回過頭。

一名男性教師的身影映入眼簾。

負責指導體育科目的年輕老師從鎖孔抽出鑰匙、後退一步，正好與尤亞四目相對。

「老、老師好。」尤亞連忙低頭問好。

「同學，已經很晚了，趕快回家吧。」理著短髮、擁有壯碩身材的男人敲敲手上的運動手表，出言提醒。

「是，那個……現在正準備回去。」

「需要老師送妳到門口嗎？」

「不用不用，謝謝老師。」面對體育老師好心的提議，尤亞連忙搖手。

「那回家路上注意安全。」男人見狀也沒多說什麼，稍微點點頭後，便獨自朝通往校園內側的小徑走去。

尤亞鬆了口氣。

她實在不擅長應付年紀比自己大的男性。尤其這位老師甚至不是一年級的專任體育老師，要是真讓他送到校門口，肯定難免尷尬。

現在的尤亞，可沒有面對那種情況的餘裕。

把社辦鑰匙收進口袋，確認門確實鎖好之後，尤亞轉過身準備跟在老師後頭離開。

就在此時，她看見了「那個」。

昏暗的光線掩映下，身穿制服的女孩仰望櫻樹，一頭梳理整齊的柔順長髮在晚風中微微搖曳。

「咦？等、等一下……」尤亞緩緩後退一步，牙關咯咯打顫。

察覺到圍籬另一頭的動靜，櫻樹下的女孩回過頭，對她展露笑容。

同樣是充滿透明氣息的微笑，這回尤亞只覺得毛骨悚然。儘管想轉身就逃，恐懼卻讓她動彈不得，只能眼睜睜看著沐荻悠豎起食指。

像在告誡尤亞不要出聲，沐荻悠在溫和微笑的唇前比了「噓」的手勢。

尤亞用力按住嘴巴，壓下尖叫，雙眼映出沐荻悠緩步走下土丘的身影。

一步、兩步，櫻樹在女孩背後投下張牙舞爪的陰影。

沐荻悠走到鐵絲圍籬邊緣，詭譎的氣氛悄悄漲至最高點。

纖細的手指舉起，朝尤亞右後方指去。

——後面？

尤亞的雙眼中染上一絲迷惘。

沐荻悠收起嘴角邊的淺笑，更加堅定的往同一個方向指了指。

儘管害怕，尤亞還是在本能驅使下轉過頭，朝女孩所指的方向看去。

擔任體育老師的男人正好走過拐角，隱沒在小徑盡頭。在靜寂襯托下，他移動的背影顯得格外顯眼。

——這是什麼意思？

尤亞的心臟重重撞擊胸腔內側，讓呼吸變得困難。過度分泌的腎上腺素，也讓她的視線邊緣有些模糊。

等到尤亞終於踩穩腳步，大口大口喘著氣時，老師早已不知去向。通往動物救援社的小徑只剩她一個人。

不對。

尤亞猛然回頭，將視線拉回前方。

花瓣落盡的櫻樹下空無一人。

最後一絲的夕陽餘暉在此刻徹底消失，四周一片昏暗。隔著鐵絲圍籬望去，別說穿著制服的女高中生了，就連不遠處的半廢棄街屋都看不太清楚。

寒意竄上尤亞的背脊，讓她不禁打了個冷顫。

剛才到底是……？

還來不及細想，就下意識地邁開腳步。等尤亞回過神來，才發現自己正往操場的方向狂奔。

好可怕……好可怕好可怕好可怕！

尤亞眼角泛著淚水，拚命往傳來人聲的方向跑去。燙捲的髮尾隨著風勢飄起，在她肩後不斷搖晃。

心臟因為剛才那衝擊性的一幕狂跳不已，儘管已經是要入冬的季節，汗水卻不斷從臉龐滑落。

完全沒有餘力思考究竟發生了什麼事，尤亞只能用盡全力往隱隱傳來運動社團聲響的操場奔跑。

田徑社的社員們在跑道末端收拾著起跑架、跨欄架等用具。看到熟悉的身影後，尤亞忍不住加快腳步，衝過最後一小段路。

「小靜！」

「尤亞，怎麼了？」李靜抬起頭，臉上難掩詫異。

在初冬的寒風吹拂下，只穿著背心和田徑短褲的馬尾女孩讓人看了就覺得冷，但此刻尤亞無暇顧及這些，一張手臂就往李靜懷裡撲了過去。

「尤亞？」

「又又又出現了啦！」

「什麼東西又出現了？」為了抱住尤亞，失手讓起跑架砸到腳趾的李靜吃痛地皺起眉頭。

「那個……那個……」不顧其他田徑社社員的目光，尤亞縮起肩膀，顫抖的手指指向校園後方。

「幽靈……」

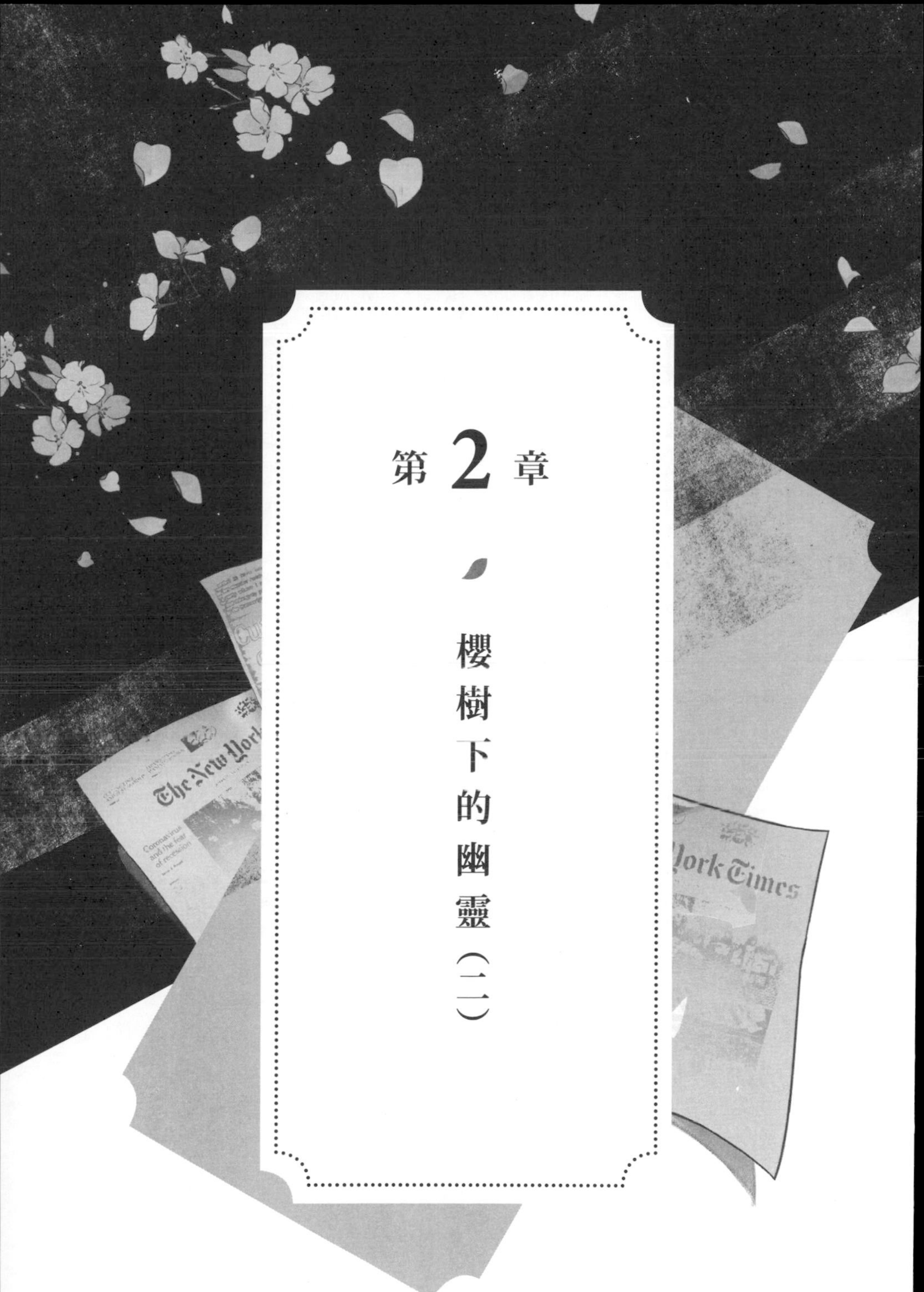
The New York
Coronavirus
and the fear
of recession
York Times

第2章

櫻樹下的幽靈（二）

不用幾天，櫻樹下出現幽靈的傳聞就傳遍了整個茗川高中。

拜那個緊咬消息不放的新聞社社長所賜，校刊這回大肆刊出相關報導，標題名為《茗川最新七大不可思議！仰望櫻樹的女學生幽靈?!》。

打著聳動標題的文章，巧妙運用疑問句，規避可能會接踵而來的問責，頗有新聞媒體狡猾的風範。

當然，足足遇見幽靈兩次的尤亞被視為重要消息來源，受到新聞社社員一致的上賓禮遇。

秉持著渴望得到真相的信念，尤亞也將「幽靈現身後，指向某位校內體育老師」的事情說了出來。出乎意料的，新聞社將這部分直接寫進報導，沒有稍加粉飾的意思。

「這樣真的沒問題嗎……」尤亞捧著最新一期的校刊，感到有些苦惱。

雖然沒有指名道姓，但學校裡畢竟沒幾位體育老師，只要稍加推敲應該不難找出是哪位。

尤亞的身分姑且也被匿名處理，不過這則新聞一旦在校內傳開，想必新聞社的社員們會被校方約談，到時候自己會不會被供出來可就難說了。

「啊啊啊嗚。」尤亞抱頭趴在桌面上，發出不成調的嘆息。

這下子，事情變得愈來愈麻煩了。

過去幾天，她都磨著李靜陪她一起去動物救援社，名為沐荻悠的少女幽靈卻再也沒出現過。取而代之的是三三兩兩、來朝聖靈異事件現場的學生們。

作為最新的「校園七大不可思議」發生地，設有體育倉庫與動物救援社的偏僻角落儼然成為茗川高中的新觀光景點，不論早中晚都有學生們在附近閒晃。

這樣的變化，每天早晨、午休和放學都會去照顧動物的尤亞再清楚不過。

人流增加，對怕鬼的她來說自然是好事，但這並不代表幽靈的事情會就此解決。這陣探訪靈異事件發生地的熱潮終究會退去，到時候尤亞還是得自己前往動物救援社。

按照既定的恐怖片劇情發展，那個少女幽靈肯定會再度出現，然後把孤立無援的尤亞嚇個半死。

尤亞可不想變成那樣。

「現在該怎麼辦啊……」

如果身邊正好有專門處理這類事件的靈能力者在就好了。但正如新聞社社長所說，那種方便的人物，根本不存在於三流輕小說以外的地方。也就是說，只能靠自己……

——那個人的話，也許有辦法。

新聞社社長若有所思的臉龐，在腦海中一閃而過。

「夏冬青嗎……」尤亞抬起頭，環顧四周。

現在是下課時間，教室內一如往常的被吵鬧聲填滿，然而稍遠的某個角落卻散發著與周遭格格不入的氣氛。

夏冬青照例在靠窗的座位上沉睡著，完全沒有受到周遭噪音的影響。尤亞小心翼翼地觀察一陣子後，才總算下定決心。

「平常心平常心。」她用力拍拍臉頰，趕在後悔前大步穿越桌椅間的縫隙，來到夏冬青的座位前。

「那個，夏冬青……同學？」尤亞輕輕敲了敲桌面，將臉龐埋在臂彎間的男孩卻毫無反應。

「夏冬青先生？」

第二次的呼喚嘗試提高音量，順便把稱謂換成更有敬意的「先生」，但夏冬青依舊沉睡不醒。

如果這是童話故事的話，接下來多半是尤亞獻上真愛之吻，將墜入夢鄉的王子大人喚醒的橋段吧？

很可惜，現實沒有這麼美好。

尤亞氣鼓鼓地捲起袖子，準備一拳打在桌面上，把這個不省人事的傢伙叫醒。

「別激動。」

正當尤亞把拳頭拉到半空中，呈現蓄勢待發的滿弓狀態時，一道陌生的聲音突然從下方傳來，把尤亞嚇地渾身一震。

「……妳找我有事？」

「咦咦？」

尤亞不敢置信地看著夏冬青從臂彎中抬起臉龐，儘管雙眼仍殘留倦意，但男孩無庸置疑地回應了她的呼喚。

「……沒什麼事的話，我就繼續睡了。」

「等等！」尤亞連忙抓住夏冬青的肩頭。

好不容易搭上話，可不能讓這個難得的機會溜走。

仔細想想，這還是她第一次清楚聽到夏冬青的聲音，難怪會一時沒反應過來。

尤亞迅速思考了一下，才意識到這是她初次和夏冬青這麼近距離面對面。

──眼睫毛好長。

尤亞吞了吞口水，忍不住仔細打量夏冬青半閉的眼簾。

明明已經當了幾個月的同學，卻始終沒有好好看過他的樣貌。以上狀況究竟稱不稱得上正常，想必多數人都無法立刻給出答案。

尤亞自然也一樣。

儘管如此，她還是鼓起勇氣，直視夏冬青的雙眼。

「我有事情想問你。」

「是嗎……」夏冬青轉動目光左右看了看，似乎在確定對方是不是真的在向自己搭話。

確認周圍沒有其他人後，夏冬青才抬起視線，對尤亞拋出一個直擊靈魂的問題。

「妳是誰？」

「哈？」尤亞不禁張大嘴巴。

「你、你不知道我是誰？我們可是同班同學……」

「巧克力螺旋捲。」夏冬青覺得麻煩般地別開視線。

「巧克力……」

「記名字很麻煩，所以妳就暫時叫這個。」夏冬青意有所指地瞥了眼尤亞燙捲的髮尾。經過染色的捲髮，乍看之下的確和某種麵包有些相似。

「好過分！」尤亞按著直落肩上的髮尾，心靈受到了不小的打擊。

——正常來說，會有人到現在還記不得班上同學的名字和長相嗎？

這個問題她終究沒勇氣問出口。作為交換，尤亞翻開薄薄的紙本刊物湊到夏冬青面前。

「想請你看看這個。」

「……今年冬季最流行的告白方式？」

「咦？」尤亞抽回書本，才發現自己在情急之下翻錯頁數。

「抱歉抱歉！我剛剛搞錯了。」

重新調整頁數後，校刊再度被湊到夏冬青眼前。

閱讀完文章標題，夏冬青雙眼中的倦意迅速消失，取而代之的是陷入深思的神情。新聞社的報導相當詳盡，事件發生的地點及時間，甚至連對幽靈身分的推測都寫了進去，基本上尤亞所掌握的情報已經全部囊括在文章中了。

所以她有些期待夏冬青能在下一刻直接破解整起事件，將這個令人心驚膽戰的冬日插曲畫下句點。

可惜事與願違。

「所以呢？妳想問我什麼？」花了比預期還久的時間把整篇文章仔細閱讀過兩遍，夏冬青抬起頭，向尤亞投來詢問的視線。

「呃……」從來沒有想過會被問這種問題，尤亞不禁遲疑了一下。

該怎麼對他說？希望能找到幽靈出現的原因？還是希望他能讓名為沐荻悠的女孩安心成佛？

說到底，這種怪力亂神的事件，真的是區區一介高中生能解決的嗎？

「……巧克力螺旋捲？」也許是尤亞停頓的時間太久，夏冬青淡淡開口喊了她的最新綽號。

「我、我叫尤亞啦！」一直被這樣稱呼總歸不是辦法，尤亞趕緊大聲澄清。

「那個，夏冬青同學……」

「叫名字就好。」

「那就阿青。」尤亞可不是那種遇上異性就扭扭捏捏的女生。她一鼓作氣地縮短兩人間的距離，直盯夏冬青雙眼。

「其實我就是看到幽靈的那個女生。」

接下來尤亞把自己前幾天的遭遇，以及必須每天前往動物救援社的難處說了一遍。出乎意料的，夏冬青沒有在這期間睡著，反而好好聽完了整段描述，這讓尤亞有些驚訝。

「……然後我聽新聞社社長說，有個人曾經破解過茗川高中的七大不可思議……」尤亞說到這裡，才結結巴巴地停了下來。

夏冬青回以無言的注目。

「所以說，那個……希望你能幫我調查這起事件。可以的話，弄清楚幽靈出現的原因……讓沐荻悠學姐能夠順利升天之類的……」話語尾段變得支離破碎，尤亞別開眼神，小聲囁嚅。

說實話，這樣的請求連她自己都覺得蠢。但眼下實在走投無路了，就算被嘲笑、被當成笨蛋，也必須把握任何一個能突破現狀的機會。

「我明白了。」夏冬青靜靜說道。

「咦？你說你明白了，意思是……？」尤亞愣了愣，一下子沒反應過來。

「這起事件……『櫻樹下的幽靈』，我可以幫忙調查。」夏冬青用指尖輕按攤開在桌上的校刊，眼神平靜，「不過，最好別抱太大期待。」

「為什麼？」在思索前，尤亞這句話便脫口而出。

「巧克力螺旋捲，妳認為世界上有幽靈存在嗎？」沒有馬上回答尤亞的問題，夏冬青淡淡反問。

「這個……也許有，也許沒有？」尤亞張了張嘴，最後還是給了不乾不脆的答案。

儘管親眼目睹過靈異現象，但直到此刻，她還是沒什麼實感。要不是新聞社社長告訴她有關沐荻悠的事情，恐怕尤亞到現在都不知道自己撞鬼了。

「嗯，妳說的沒錯。」夏冬青垂下眼簾，「在確認真偽之前，這種事情本來就很難下定論。如果妳遇上的真是幽靈，那我多半幫不上忙。」

「欸？」

「如果……那個叫沐荻悠的女孩子真的是幽靈，那麼很遺憾，可能得請妳去找道士或神父了，我幫不上忙。」夏冬青換了種說法，神色依舊平淡。

「我能做的，就是陪妳調查現象本身，僅此而已。」

「這樣……這樣就夠了！」尤亞像是好不容易抓住浮木的溺水者，用力按住夏冬青的桌面，「只要讓我能順利通過那裡，去社團照顧動物們就好，用什麼方法不重要。那個……拜託了！」

看同班的女孩子如此拚命拜託自己，夏冬青緩緩點頭，指尖輕戳在校刊封面上。

「這上面寫的，有關『櫻樹下的幽靈』的事情，都是真的？」

「至少我是這麼認為的。」尤亞咬緊嘴唇，露出認真的表情。

如果雙眼所見即為真實，那麼至少親眼目睹幽靈少女的尤亞，能夠毫不猶豫地斷定校刊上的報導都是真的。

但不知為何，她有種莫名的感覺，就像巨大的畫布中有某個顏色弄錯了，一絲微小到幾乎可以忽略不計的異樣在心中徘徊，讓尤亞在面對「世界上有沒有幽靈」這個問題時，選擇了模稜兩可的答案。

明明察覺到好像有哪邊出現錯誤，卻遲遲無法找出問題，這讓尤亞的心情久久無法平靜。

所以她才下定決心尋求別人的幫助。

而所謂的「別人」，正是眼前這位睡眼惺松的男孩。

「那個……阿青，你真的願意幫忙嗎？」看著夏冬青毫無幹勁的模樣，尤亞忍不住問道。

她還是很難相信，那個夏冬青居然會答應這種沒頭沒腦的請求，心裡難免有些不安。

「嗯，我可以幫忙。」夏冬青輕聲回應，「但是有幾個條件。」

「條、條件？」尤亞一怔。

「難難難道說要我用色色的方式回報?!」

「……並沒有。」夏冬青眼中的溫度似乎下降了一些，尤亞希望這只是自己的錯覺。

「開始調查之後，巧克力螺旋捲妳也得來幫忙。不管是收集資料還是現場探勘都必須有幫手才行，不然一個人做起來太麻煩了。」

「啊啊，我懂了，就像偵探的助手對吧？」尤亞合起手掌，小心翼翼地陪笑。

「差不多意思。」夏冬青點點頭，在桌角邊豎起兩根手指，「還有，之後不管我採取怎樣的行動，都請妳一概不要過問。在調查有結果前，我不想解釋，因為很麻煩。」

「了、了解！」

「最後一件事。」夏冬青緊接著豎起第三根手指。「在調查的這段期間，不論我要求妳做什麼事，希望妳都能馬上照做，然後不要問為什麼，因為解釋起來很麻煩。」

「包括色色的事情?」

「不會有那種要求。」

「哦……」

「放學後有空嗎?」

「有、有空！」

「現在這種情報量完全不夠，我們需要更多資訊。」夏冬青輕拍攤在桌面上的校刊，臉色嚴肅，「妳知道那個體育老師是誰吧？在放學之前，盡可能去蒐集沐荻悠和那個老師的資料，就算是微不足道的訊息也沒關係，去查查看他們有沒有什麼交集。」

「好！」

「有點頭緒之後，我們才能進行下一步。」夏冬青打了個呵欠，進行一連串的談話似乎頗耗心神，只見他的雙眼又恢復到滿是倦意的狀態。

「大概就這樣，放學後見……」

「嗯嗯，到時見囉。」

「晚安。」沒有正面回答尤亞的話語，夏冬青重新趴回臂彎中。

沒過多久，男孩的背脊便開始規律起伏，看來是要繼續例行的補眠。

「約在放學後的話，社團活動可能就得推遲一些了呢。」尤亞悄悄嘆了口氣。

希望波可牠們不要因為放飯晚了就生她的氣。

夏冬青的指示讓尤亞找回應有的冷靜。原本的狀態就像是和一個看不見、摸不到的巨大怪物戰鬥般，無論何時，都能感覺到恐懼和無力感不斷襲來。

但現在不一樣了。

就算只有小小一步，她也確實在前進。

光是這樣就令人安心許多。

「真是個怪人。」尤亞看著埋首臂彎間的夏冬青，喃喃自語。

即使直面靈異事件，夏冬青也並未產生動搖，反而冷靜地分析情勢，從最基本層面著手調查，這樣的理性完全不像普通高中生。

或許那個「曾破解校園七大不可思議之一」的傳言是真的？

「我也得好好加油才行！」尤亞用力握緊拳頭，離開夏冬青桌邊。

◆

一整天下來，尤亞用盡各種方式，將所有有關沐荻悠和某體育老師的資料蒐集起來。

手機瀏覽器留下無數搜尋紀錄，被判定「可能有用」的分頁就留在瀏覽器裡沒有關掉。此外，尤亞還藉故溜進學校檔案室，偷偷翻閱歷屆在校生名冊。

名冊上頭確實記載了沐荻悠這個人，入學時間一如眾人所述，除了缺少畢業記錄之外，和其他學長姐幾乎沒有差別。普通的學號、普通的姓名、性別，白紙黑字散發著平凡的氣息。

但她是真的……沒能從茗川高中畢業。

從名冊的記錄意識到這件事的尤亞，心臟一沉。

那位體育老師的背景，尤亞也透過李靜在運動社團的關係打聽了大概。不只姓名，連就職時間和大致的身家背景都查到了。

「這年頭女高中生還真可怕……」尤亞一邊把打聽到的訊息記在筆記本上，一邊縮縮肩膀。

午休期間，她也特地跑了新聞社一趟，訪問社長在內的幾名社員。

沐荻悠生前在這裡擔任過幹部，因此想獲得她的個人資訊，最快的方法就是向現役社員打聽。

除了與尤亞同屆的一年級學生外，新聞社二年級、三年級的學長姐應該都認識沐荻悠，因此尤亞對訪問的成果頗為期待。

說不定能聽到什麼不為人知的勁爆內幕——尤亞是這麼認為的。

只可惜結果令人大失所望。

受訪的幾名社員一致表示認識這個學姐，卻幾乎沒有人能提供更進一步的情報。

「很安靜」「長得很漂亮」「做事穩重又能幹」「講話輕聲細語」「很少和同屆社長以外的人交談」，以上就是尤亞用盡各種手段得到的訊息。

基本上除了知道她是個文靜、內向的人外，沒有查到任何可能有用的線索。

「好難……當偵探的助手好難……」尤亞看著寫得滿滿的筆記本抱頭嘆氣。

一天很快過去，眨眼間就到了放學時間。

尤亞抱著作業還沒做完的忐忑心情，來到夏冬青桌邊。

男孩理所當然地趴在臂彎間熟睡，渾然不把四周忙著收東西、聊天的同學們當一回事。

「阿青、阿青。」尤亞小力搖晃夏冬青的肩膀，可惜效果不顯著。

「One Punchhhhhh!」

夏冬青抬起手，輕鬆接住尤亞模仿某知名漫畫角色揮來的正拳。

「如果醒了就早點回答我嘛。」尤亞不滿地鼓起臉頰，手上繼續使勁，卻難以推動半分。

「那樣好累。」夏冬青滿臉倦怠地表示。

即便被叫醒，他還是想再賴床一下。只不過以一個剛睡醒的人來說，夏冬青接下尤亞拳頭的反應速度實在頗為驚人。

「喏。」男孩伸出空著的那隻手，朝尤亞招了招。

——這是要再來一拳的意思？

尤亞心頭一震。

「一天一萬次——超感謝正拳！」

「別鬧了，要妳蒐集的資料呢？」夏冬青面不改色地接下尤亞揮出的第二拳。

「哦，你是這個意思啊，早說嘛。」

「到底怎樣才能誤會成那種意思……」夏冬青看著俏皮地吐吐舌頭的尤亞，眼中浮現一絲無奈。

接下來的三十分鐘，尤亞盡可能把一整天蒐集的資料做出整理。期間夏冬青一反往常地認真聆聽，沒有打瞌睡也沒有恍神，眉心因專注而微微蹙起，將龐雜的資訊盡數吸收到腦海中。

光是簡單的摘要報告，尤亞就花了將近半個小時，講得口乾舌燥才好不容易結束。等到她終於抬起頭，才發現教室早已空無一人，只剩下從窗戶透入的寂寥斜陽餘暉，以及安座於椅子上的夏冬青。

其他同學們似乎都回家了，突然安靜下來的空間有些冷清。

「大、大概就是以上這些了，抱歉都是一些零碎的資訊……」尤亞吞吞吐吐地作了結語，對於人生第一次的偵探助手工作，她果然還是沒什麼自信。

然而，夏冬青輕輕點了點頭。

「已經很夠了。不過我有幾點想確認一下，妳剛剛說那個體育老師的名字叫什麼？」

「叫做田貴仁。」尤亞趕緊拿出手機，從數個分頁裡選擇其中一個打開。

「喏，就是他。」

手機螢幕上顯示著年輕男子的大頭照，背景網站是茗川高中官網，只要點開記錄師資陣容的頁面，就能輕易找到姓名與照片。

理著一頭短髮的田貴仁，在一眾體育老師裡也是容貌較為清秀的類型。儘管皮膚曬得黝黑，也難掩眉宇間的俊秀氣質。

「這個人我知道。」

「咦？」

「他是籃球校隊的助教，等現任教練退休之後就會接手執教球隊，目前負責管理體育器材。妳查過他的就職記錄了嗎？」

「哦，我看看哦……」尤亞趕忙翻閱筆記本上的資料。

「今年是他入職茗川高中的第四年。大概一年多前請過陪產假，一直停職到這個學期才回來工作。」

「果然……」夏冬青眼神一凝，露出深思的表情。

「怎麼了？田老師的就職時間有什麼問題嗎？」隱約察覺到調查似乎有了進展，尤亞低聲追問。

「妳沒發現？」

「唔……」尤亞仔細想了想，最後還是搖搖頭。

「田老師請假的時間，和沐荻悠學姐自殺的時間正好一致。」夏冬青靜靜給出答案。

教室內的空氣一下子冷卻下來。

「該該該不會是田老師把學姐給……？」想到這種可能性，尤亞的牙關咯咯打顫。

「雖說不是不可能，但如果真是老師下的手，妳覺得警察會放任不管嗎？」

「可可可可是！」

「冷靜點，巧克力螺旋捲。」夏冬青抬起手，示意尤亞稍安勿躁。

「目前沒有證據能證明這個假設，不要急著下定論。」

「可是……」

「現代的鑑識醫學很發達，學校周圍也裝了很多監視器，我想警方應該不會誤判沐荻悠學姐的死因。」夏冬青平淡地以客觀角度進行推論，沒有被新入手的資訊牽著鼻子走。「而且我們還是學生，能力有限。如果這起案件真是他殺，以我們擁有的資源和技術也很難查出結果，所以那種假設暫不考慮。」

「好吧……」尤亞輕輕點頭，開始能稍微理解夏冬青的思考模式。

與其一口氣把所有可能性納入考量，他更傾向將之分成細項後，逐一排查。「就算調查也不會有結果」「概率相對較小」的選項，自然會先被排除。反過來說，如果優先調查的選項被否定，之前排除的選項就會重新入列，直到導出正確的結果為止。

就像作答選擇題時，刪掉所有錯誤答案，剩下的選項就是正解。

——難、難道這就是……夏冬青能在考試中拿高分的原因?!

尤亞摀住嘴唇，用發現新大陸的眼神看著眼前的男孩。

「雖然不知道妳在想什麼失禮的事情，但還是適可而止比較好。」夏冬青半瞬著眼，打斷尤亞無言的凝視。

「請教我不念書也能考高分的方法，阿青……不，夏冬青大人！」

「說什麼鬼話。」夏冬青一把按住尤亞的額頭，把突然湊近的女孩推開。

「雖然應該不是他殺，但從停職的時間來看，田老師很可能和學姐的死有關係。我們就先從這點著手調查。」

「了解！」尤亞立正站好，迅速行了個軍禮。

「還有一件事。」夏冬青的眼神再度變得銳利。「除了沐荻悠學姐的個人資訊以外，我也想知道她的大致交友狀況、家庭成員有誰之類的，能就這方面再說明得詳細點嗎？」

「我看看哦。」尤亞翻開筆記本，查閱自己早前記下的資料。

「交友狀況的話，聽說她和新聞社的前任社長關係很好，但和其他社員幾乎沒怎麼接觸。家庭成員方面，父母應該都健在，據說還有一個小她幾歲、就讀國中的妹妹，我打聽到的大概就這樣了。」

因為是從學生口中蒐集來的情報，完整度相當低。要不是尤亞有事先整理過，剛剛夏冬青問起時恐怕還真答不上來。

「新聞社的前任社長……」夏冬青對其中一部分情報產生了反應。

「妳調查過那個人了嗎？」

問……」

「欸？還、還沒。」尤亞有些慌亂，「如果需要的話，我再去找新聞社的社員問……」

「不，沒關係，那個先擺一邊。」夏冬青搖搖手，俐落地站起身。

「巧克力螺旋捲，妳相信世界上有幽靈嗎？」

「咦咦……也許有，也許沒有？」尤亞隱約記得自己不久前才被問過一樣的問題，因此反射性做出相同的回答。

「視情況而定，或許很快就能找出這個問題的答案。」夏冬青的身影在夕陽映照下顯得高深莫測。

「接下來，我們去實地勘察。」

「實地勘察？去哪裡？」

「學校後面，妳遇見幽靈的地方。」

夏冬青說完，便與尤亞擦身，往教室門口走去。

◆

這次還是沒有遇到幽靈。

通往動物救援社與體育倉庫的小徑空無一人，只有逐漸暗淡的陽光斜斜射入，沿著櫻樹枝椏投下陰影。

「就是這裡嗎？」夏冬青駐足在鐵絲圍籬前，抬起視線。

隔著一道三公尺高的網狀圍籬，種有櫻樹的小片空地映入兩人眼簾。

「嗯。」尤亞點點頭，下意識地屏住氣息，「那個叫做沐荻悠的女孩子，就是出現在那棵櫻樹下。」

「是嗎……」

夏冬青打量櫻樹光禿禿的枝幹兩眼，不發一語地朝小徑盡頭走去。

一道短短的磚牆連接體育倉庫外壁，男孩仔細沿著牆面搜索了一陣子才直起身來。

接著他來到體育倉庫前，用力拉動鐵門。

上鎖的倉庫門當然沒有因此敞開，只發出「喀啷喀啷」的難聽金屬碰撞聲，搖晃了兩下。

夏冬青退後兩步，再度環顧四周。

動物救援社社辦隱約傳來小狗波可的躁動聲，正當尤亞擔心夏冬青會不會去踹門的時候，他已經掉頭走了回來。

「阿青？」

沒有回應尤亞的呼喚，夏冬青陷入沉思。

尤亞歪了歪頭，正想叫住他時，才想起自己曾答應調查期間不會多問，只好把衝到嘴邊的話語吞回去。

好一段時間，夏冬青只是沿著小徑來回踱步，時不時停下來檢查鐵絲網的接縫處，或是用指尖沾起一小撮泥土，湊到眼前凝視。

最後他按照動物救援社、體育倉庫、鐵絲圍籬的順序又繞了一圈，仔細檢查建築物與圍牆的上緣，這才停下腳步。

「保險起見還是問一下，這附近應該沒有監視器吧？」夏冬青回頭望向尤亞。

「印象中沒有，怎麼了嗎？」

「那就好。」

沒等尤亞反應過來，夏冬青迅速後退幾步，開始助跑。

「咦？阿青？」

男孩的身影一晃而過，飛身攀上鐵絲圍籬。

單薄的金屬網在這陣衝擊下左搖右晃、驚險萬分。夏冬青用手指和鞋尖穩穩固定住身軀，等待晃動逐漸減弱後，才小心翼翼地朝圍籬頂端爬去。

「阿青，你這是在……」

——發什麼神經？

尤亞張大嘴巴，卻遲遲無法吐出話語的後半截。

沒過幾秒，夏冬青就順利爬到鐵絲網上緣。他探頭看了看圍籬外側及鐵絲網頂端，似乎在確認某種東西。

「阿青，這樣很危險，趕快下來啦。」直到此刻，尤亞的喉嚨才終於能發出聲音。她焦急地想上前，卻又擔心擋到夏冬青落地的空間，跨出的一步就這麼僵在原地。

「別擔心。」

夏冬青輕輕鬆開手，順著鐵絲網的彈力躍落地面。他拍拍手上、衣服上的灰塵，回到尤亞身邊。

「動物救援社的社辦鑰匙，除了妳以外還有誰有嗎？」

「管理員室好像有一把，其他地方應該沒有了。」尤亞照實回答。

「那就不用進去了，我們走吧。」夏冬青瞥了眼動物救援社的大門，轉身往校園方向走去。

「要去哪裡？這邊已經調查完了嗎？」尤亞急忙快步跟上，開口詢問。

「初步調查的話，這樣就夠了。接下來要去外面。」

「外面？是指校外嗎？」

「嗯，準確來說是鐵絲網外面那片空地。」

「咦？那不就是……」

「就是沐荻悠學姐上吊的那棵櫻樹。」夏冬青頭也不回，語氣沒有絲毫猶豫。

兩人花了些時間走出茗川高中校園，繞過大片住宅區，才終於找到通往那面鐵絲圍籬的巷口。

雖說僅僅隔了一道鐵絲網，但種有櫻樹的空地並未與茗川高中腹地接壤。要抵達那裡，需要先走出校門，再穿過九彎十八拐的舊住宅區巷弄，因此一直以來都人跡罕至。

就像現在，黃昏的櫻樹下空蕩一片，只有夏冬青和尤亞的剪影靜靜延伸，顯得有些寂寥。

透過鐵絲網，能看見動物救援社和體育倉庫並排而立，十多分鐘前兩人就是在那裡進行調查。想到這裡，一股涼意爬上尤亞的背脊。

之前都隔著一道鐵絲網，所以一直沒什麼實感。直到此刻「身處靈異事件發生地」的壓迫感才鋪天蓋地襲來，讓她下意識地縮起身體。

在昏暗的光線掩映下，櫻樹散開的枝椏像怪物般張牙舞爪，就連凹凸不平的樹皮都讓人冒出雞皮疙瘩，四周瀰漫著隨時會冒出妖魔鬼怪的詭譎氣氛。

或許這只是尤亞的錯覺而已。

「就是這裡吧？」夏冬青打量著櫻樹。實際接近後，才發現這棵樹其實比想像中要矮一些。

最低的枝椏大約與夏冬青的身高齊平。在圍籬另一頭會覺得高大，大概是因為雙眼下意識地把櫻樹下的土丘一起算進去了吧。

尤亞駐足在巷弄盡頭的拐角，沒有跟著踏入那數公尺見方的小空間。

「那個，我在這邊等就好，阿青你隨意吧。」

「……隨便妳。」夏冬青聳聳肩，自顧自地在土丘前蹲下身。

「害怕的話，先回去也沒有關係。」

「才沒有害怕！」

「那妳為什麼要躲在那裡？」夏冬青用指尖按了按土丘表面，眉心微微一緊。

表面覆有稀疏雜草的小丘，土質相當乾燥，或許是櫻樹樹根的緣故，就算一腳踩上去也幾乎不會留下印子。確認完這點後，他重新直起身。

「回去還是不回去，巧克力螺旋捲，妳決定好了嗎？」

「當當當當然是不回去！」尤亞的牙關咯咯打顫，儘管如此，她還是壯起膽子離開轉角。

夏冬青回過頭，眼神落在尤亞身上。

「那妳過來幫我個忙。」

「幫、幫忙？」完全沒預料到自己會派上用場，尤亞的聲音有些走調。

夏冬青一邊抬眼觀察櫻樹四散的枝椏，一邊移動腳步，最後在土丘上的某個位置停了下來。

一根粗大的枝幹在他頭頂橫亙而過，遮住些許光線。

男孩輕輕一跳，伸手觸碰樹枝粗糙的表面，像是在測量確切的高度。

然後他穩穩蹲下身，朝尤亞看去。

「坐上來。」

「啊？」尤亞呆呆地張開嘴巴。

「我說，坐上來。」夏冬青指指自己的肩膀，淡淡說道。

「我？坐上？你的肩膀？」尤亞的食指在兩人之間迅速比劃，眼中一片混亂。

「為、為什麼這麼突然？」

「解釋起來很麻煩，所以別問。」

「哦……」想起兩人定下的「絕不多問」約定，尤亞只得畏畏縮縮地來到夏冬青身邊。

「欸等等，可是我穿裙子耶？」

「沒關係，我不介意。」

「可是我介意啊！」尤亞用力壓緊裙襬，滿臉通紅，「要要要是阿青一個轉頭……」

「只要不轉頭就行了吧？別磨磨蹭蹭了，快上來。」夏冬青瞇起眼，話語中透出不耐。

收到強硬的指示，尤亞按緊裙襬，小心翼翼地來到夏冬青背後。

「絕對不能轉頭哦？」

「嗯。」

「還有……那個，我最近沒什麼運動，所以腿有點粗……」

「閉嘴，坐上來。」夏冬青言簡意賅地表示。

事已至此，尤亞沒有其他選擇了。她深深吸氣，趕在自己開始覺得羞恥前，跨坐上夏冬青的肩膀。

「然、然後呢？」

「抓緊。」

「咦？啊啊啊！等一下！」

在尤亞反應過來前，夏冬青就一口氣站了起來。突如其來的動作讓她差點失去平衡，只能用力夾緊大腿避免跌落。

這下子畫面突然變得有點尷尬。

「阿阿阿阿阿青？」意識到自己正用大腿夾住夏冬青的臉部，尤亞完全做不出像樣的反應。

「別玩了，抬頭看看上面。」沒有理會大為動搖的尤亞，夏冬青雲淡風輕地說，「妳頭頂應該有根特別粗的樹枝，有看到嗎？」

「頭頂？」

好不容易習慣高度的尤亞，將雙手放在夏冬青的頭頂當作支點，才勉強抬起頭。

正如夏冬青所說，有一根比起周圍枝幹更顯粗壯的樹枝，從她上方橫亙而過。

「有看到嗎？」

「有。」

「妳把手伸長，像吊單槓那樣抓緊那根樹枝。」

「好……」雖然不知道為什麼要這樣做，尤亞還是按照夏冬青的指示，用十指牢牢扣住樹枝。

「抓穩了嗎？」

「嗯嗯，抓穩了。」

「別鬆手，就這樣維持住。」夏冬青說完就緩緩蹲下身，將尤亞的體重轉交到櫻樹樹枝上。

「耶？啊哇哇哇哇哇！」

很遺憾的，即便是目視範圍內最粗壯的樹枝，也沒能承受住尤亞的重量。夏冬青才剛離開沒兩秒，橫向伸展的枝幹就發出危險的斷裂聲緩緩下垂。

即將墜落的恐懼感瞬間貫穿尤亞全身。

「咿呀！不行了不行了！快救我啦阿青！阿青同學！夏冬青大人呀啊啊啊啊——」

「別叫了，已經撐住了。」

「欸？」

尤亞一回過神，才發現夏冬青早已重新撐起她的大腿根部，雙手緊握的櫻樹枝幹也不再繼續彎折。

雖說是有驚無險，但要是夏冬青的反應再慢個一拍，尤亞恐怕已經連人帶樹枝摔到地上了。

「要放妳下來了，手別繼續抓著。」

「哦哦，好……」

夏冬青重新蹲低穩住重心，讓尤亞回到地面。

雙腳才剛站穩，尤亞就脫力地跪了下去，大口大口喘著氣。

「阿青，我不行了，這種對心臟不太好啦……」

「沒關係，到這邊就可以了。」夏冬青離開尤亞，沿著櫻樹繞了一圈，似乎在確認些什麼。

「順便問一下，巧克力螺旋捲，妳的體重幾公斤？」

「體、體重？你居然當面問淑女的體重？」

「在說那種逞威風的話之前，先從地上站起來吧。」

「嗚……」尤亞咬緊牙關，卻始終擠不出力氣撐起發軟的雙腿。

「……四、四十二公斤。」

「妳說什麼？」

「我的體重啦！不要讓我說第二遍！」尤亞滿臉通紅地大叫。突如其來的噪音驚動停在民宅屋頂上的鴿子，一陣振翅聲掠過天際。

「原來如此，大約是四十五公斤嗎？」夏冬青重新抬起頭，若有所思地看了看那根差點壯烈成仁的樹枝。

「欸？」尤亞愣了愣。「四十五？為什麼多了三公斤？」

「女生不是都常態性謊報三公斤嗎？這點道理我還是明白的。」夏冬青打了個呵欠，滿不在乎地轉過身，逐一檢視圍繞附近的建築群。

緊密排列的半廢棄街屋占據空地一側，與茗川校園相對而立。零星的窗戶點綴在街屋外牆上，盡顯舊式建築「比起採光更注重隱私」的風格。

多數街屋呈現半廢棄的狀態，大部分窗口都用木板完全封住，唯獨一扇正對櫻樹的窗戶只是虛掩著，沒有被徹底封上。

夏冬青盯著那扇別具一格的窗戶好一會兒，才轉開視線。

「被知道真實體重……人家要嫁不出去了啦……」

「妳果然謊報了啊。」夏冬青半睜著眼，瞥了眼兀自掩面啜泣的尤亞。

比起坐上異性的肩膀，被知道體重更讓她動搖嗎？這個女人的價值觀……還真詭異。

夏冬青默默在心中做了筆記。

「巧克力螺旋捲。」

「嗯？」尤亞淚汪汪地抬頭，對上夏冬青意有所指的雙眼。

「哭完了嗎？」

「咦?!」尤亞不敢置信地抓住夏冬青的衣角。

「這種時候不是應該安慰我嗎？說『其實妳沒有很胖啦』『四十五公斤算是正常體重』之類的！『哭完了嗎』是什麼鬼?!最新型的安慰詞嗎？我怎麼從來沒聽說過?!」

「好了，到此為止。」夏冬青露出厭煩的表情，拍開尤亞緊抓衣角的雙手。

「哭完了就走吧，這邊調查得差不多了。」

「咦？你剛剛說什麼？」

「哭完了就走吧。」

「再下一句。」

「這邊調查得差不多了。」

「這就?!」

「別激動，巧克力螺旋捲。」夏冬青一把按住尤亞湊過來的臉龐，眼中透出一絲倦意。

「只是確認了一件事情而已。」

「難、難道說，剛才那樣胡搞瞎搞就能查出什麼嗎？」

「才不是胡搞瞎搞。」夏冬青眼中的溫度瞬間下降了一些。「聽好了，笨女……巧克力螺旋捲。」

「咦？剛剛你是不是想叫我笨女人？」

「妳聽錯了。」夏冬青乾脆地否認，主動避開尤亞的目光。「看著這棵樹，妳不覺得有哪裡奇怪嗎？」

「哪裡奇怪？」尤亞歪過頭，無法理解男孩的意思，「不就是棵普通的櫻樹嗎？」

「比普通的……還要小一些的櫻樹。」夏冬青輕觸樹幹粗糙的表面，稍稍修正了尤亞的形容詞。

「如果有經過修剪，樹幹上應該會留下痕跡，但我剛剛確認過了，完全沒有類似的東西。不自然的凸起、樹皮癒合的痕跡之類的都沒有。」

「老師，我不太明白。」尤亞嚴肅地舉起手，「樹幹有沒有修剪的痕跡，跟我們的調查有關係嗎？」

「沒有修剪痕跡，代表沒有更粗的樹枝被砍掉過。」夏冬青豎起拇指，比了比角度有些彎折的樹枝，「簡單來說，妳剛剛抓住的，就是這棵樹最粗的枝幹了。很遺憾，即使是最粗、最硬的樹枝，也沒能扛住妳的體重。」

「那還真是抱歉哦。」尤亞的額前爆出一條青筋。

「所以，這就奇怪了。」夏冬青仰望樹梢，初冬的晚風將他的髮絲吹起，讓男孩身影看起來有些虛幻。

「如果一個人掛上去，連短短幾秒都沒能撐住，那麼，學姐真的有辦法在這棵樹上上吊嗎？」

「欸？」尤亞張了張嘴，腦袋一時還轉不過來。

「阿青，你的意思是……」

「意思是說，沐荻悠學姐自殺的地點，不是這棵櫻樹。」夏冬青平淡的語調融化在空氣中，像是在述說某件無關緊要的事情。

尤亞愣愣地看著他，過了十多秒才眨眨眼。

「……欸？」

第3章

櫻樹下的幽靈（三）

出乎意料的調查結果，讓尤亞直到回家後還耿耿於懷。

「如果不是那棵樹的話，學姐為什麼會出現在那裡啊……」尤亞抱著頭在床上滾來滾去，滿臉糾結。

仔細想想，光是符合「校園後方」這個特徵的櫻樹，在茗川高中就有十幾棵，這下子必須調查的範圍又一口氣變大了。

原以為掌握住的線索，就這麼陷入重重疑雲中，讓尤亞的心情跌落谷底。

不過，夏冬青的邏輯與歸納能力確實令人嘆為觀止，僅僅憑著如此稀少的情報，就能從伸手不見五指的大霧中抓住線索。如果換成尤亞來調查的話，恐怕到畢業也不會發現那棵櫻樹並非真正的事發地點吧？

把臉頰埋在枕頭裡好一會兒，尤亞才總算打起精神。她用力撐起身體，探手拿起放在床頭櫃上的手機，打算繼續白天未完的調查工作。

在搜尋欄輸入幾個關鍵字，大量相關資訊便跑了出來。媒體訊息爆炸的這個年代，唯獨這方面會讓人覺得方便。

手機螢幕從上到下羅列著早已看膩的龐雜資訊，除了位於最頂部的文章之外，大部分網頁的標題都顯示已閱讀過的深色。

反射性地把指尖移到那篇文章上，尤亞晚了一秒才眨眨眼。

文章的來源是茗川高中校刊的網頁版。

大概是作業流程的問題吧，相對紙本刊物，那篇報導「櫻樹下的幽靈」的文章，直到今天才公布於網頁上。

尤亞姑且還是點了進去，把早已讀過的報導又再看了一遍。

不論用詞還是分段都和紙本版相同，這也是當然的。

「哈啊……」尤亞仰躺在床上，忍不住嘆了口氣。

到頭來，還是什麼也沒搞清楚。

沐荻悠化為幽靈出現的原因，以及指向田貴仁老師的用意，全都沒有得到解答。

更麻煩的是，疑問不僅沒有變少，反而還增多了。

「到底為什麼不是那棵樹啦……」尤亞緊皺眉頭，維持躺在床上的姿勢，繼續滑動手機螢幕。

枯燥的搜索工作迅速消磨她的精神。沒過多久，尤亞的眼皮就慢慢沉重起來。

下個瞬間，手機突然傳來震動。

被嚇了一跳的尤亞指尖一鬆，以輕薄為賣點的手機立刻迎面落下，狠狠砸中她的鼻梁。

「痛！」

尤亞毫無形象地按住鼻尖，在床上打滾。

過了好一會兒，她才從連眼淚都被砸出來的撞擊中恢復，重新檢視出現在螢幕上的新訊息。

寄件人是稍早登錄的「阿青」，訊息內容則是一句簡短的「我想到一種可能性」。

「想到一種可能性？」尤亞心頭一動，指尖毫不猶豫地按下右上角的通話圖示。

不一會兒撥出的通訊就被接起，夏冬青有些疲倦的聲音從耳邊傳來。

『怎麼了？』

「我懶得打字，現在方便講話嗎？」尤亞小心翼翼地直起身，確認房門有確實關緊後，又倒回床上。

不同於白天時的活力滿滿，女孩此刻的模樣就和發懶的小狗沒有兩樣。微捲的髮尾散落在枕邊，雙腿也毫不遮掩地裸露在外。

反正現在房裡沒有別人，尤亞很乾脆地進入放鬆模式。

『也不是不行。』夏冬青迅速接受現狀，沒有因為單獨和異性通話而顯露尷尬。

『巧克力螺旋捲，妳認識新聞社的人吧？』

「要說認識是認識啦……」尤亞愣了半秒，還是成功接起這句沒頭沒尾的話語，「不過沒有很熟哦？頂多就是說過幾句話而已。」

『那樣就夠了。』夏冬青平淡地說。

『妳之前不是看到沐荻悠學姐指著老師的背影嗎？』

「啊，對。」想到那幕，尤亞的內心一緊。

『做過初步調查之後，我想到一種可能性。不過要驗證這個猜想的話，還需要更多資訊。』

「咦？哪方面的資訊？」

『簡單來說，我需要和某個人談談。』

「和……田貴仁老師嗎？」說到有可能知道事件內幕的人選，尤亞立刻往沐荻悠指向的體育老師身上想。

『不，不是。』

出乎意料的，這個猜想被夏冬青一口否定。

『巧克力螺旋捲，換成是妳，就算知道什麼內幕消息，如果得知自己被死去的學生指過，還會透露給兩個來路不明的學生知道嗎？』

「應該……不會。」尤亞小聲回應。

這時候她才意識到，比起自己、夏冬青是以更顧全大局的方式思考。使用哪種方式會獲得什麼樣的結果，或許他已經全都在腦內沙盤推演過了。

『我猜田貴仁老師就算知道什麼，應該也不會對我們透露口風，所以必須換條路走。』

「意思是說……」尤亞翻身坐起。

「那個有可能知道內幕消息的人，是新聞社的某位成員嗎？」

『嗯。』夏冬青頓了頓，似乎沒料到尤亞反應會如此迅速。

『妳還記得沐荻悠學姐的交友狀況嗎?』

「學姐的交友狀況……你等等哦。」尤亞奮力從床緣探出身,把扔在書桌角落的背包提起來,期間還因為用奇怪的姿勢使力差點閃到腰。

她好不容易扶著腰回到床上,把記錄所有情報的筆記本攤開時,夏冬青已經在電話那頭打了第二個呵欠。

「沐荻悠學姐她……除了前任新聞社社長以外,好像沒什麼和其他社員交流?」讀著自己潦草的字跡,尤亞低聲說道。

『嗯,那個前任社長,就是我們要找的人。』夏冬青語調平靜,沒有蘊含任何情緒或雜質。

『可以的話,希望妳能請新聞社的社員幫忙聯絡他,看是不是能約個時間見面。』

「可是,這麼突然……對方真的會答應嗎?」

『會。』夏冬青一口咬定。

『如果沒有馬上答應,就把新聞社寫的那篇文章拿給他看。』

「咦咦?手段這麼激烈的嗎?」

『反正校刊的網頁都刊載了,也沒什麼好隱瞞的。』夏冬青說完又補上一句,『順便告訴他,妳就是那個遇到幽靈的女生,這樣肯定能成功。』

「嗚哇……」尤亞不禁對夏冬青毫不留情用盡手邊資源的作風感到嘆服。

身為沐荻悠生前的好友，前任新聞社社長不可能無視幽靈出現的報導，更不可能拒絕唯一目擊者的見面請求。

抓準人性的弱點加以利用，夏冬青那幾近冷血的提案讓人不寒而慄。但想要獲得資訊，這確實是最簡便、也最具實行性的方法了。

「我知道了。」尤亞抓緊手機，下定決心。

「如果是阿青的要求，我願意做。」

『……為什麼要用這麼引人誤會的說法？』

尤亞沒有回應夏冬青的提問，只是深深吸了口氣。

「明天，等我的消息。」

◆

「尤亞同學、尤亞同學？」

「唔嗯……」無視從講臺上傳來的呼喚，尤亞緊盯藏在抽屜裡的手機，神情專注得像是監視浮標的釣者，任何一絲風吹草動都無法逃過她的雙眼。

「尤亞同學，能請妳回答第十五題的填空題嗎？」綁著小馬尾的年輕男老師無奈地又問了一次，坐在尤亞後面的李靜趕緊用筆尖戳戳她的後背。

「咦？啊！」過了半秒，尤亞才回過神。她連忙直起身，閱讀攤在面前的考卷。

「尤亞同學，第十五題的填空。」年輕男老師嘆了口氣，好心地再度提醒。

「第十五題……」

尤亞沉吟好一會兒，才滿懷信心地抬起頭。

「答案是五千四百三十五！」

李靜默默掩住臉，不忍直視眼前的慘狀。

「尤亞同學。」年輕男老師展開微笑，一字一句緩聲說道，「這節是國文課。」

兩分鐘後，尤亞的座位被暫時改成站票，位置則移到教室最後方，與垃圾桶成為好朋友。

剛剛那個誇張的答非所問，就連作風一向開明的年輕男老師都動了怒。雖然還沒到破口大罵的程度，但直到現在，他仍然頻頻回頭、注意尤亞罰站的狀況。

與老師對上視線的瞬間，尤亞趕忙擠出微笑，稍稍舉起攤開的課本以示自己有認真在上課。

這當然是騙人的。

尤亞把手機巧妙地夾在課本縫隙間，只要動作不要太過可疑，從講臺的角度幾乎看不出破綻。這讓她能一邊假裝上課，一邊確認訊息軟體的通知。

從她向新聞社社長提出「想和前任社長取得聯繫」的請求後，已經過了一個上午，仍沒有獲得確切的答覆。

事情我確實替妳轉達了，還請耐心等候——

對話到新聞社社長的這句回覆就中斷了，直到現在都沒有下文。隨著時間流逝，焦躁逐漸在尤亞心中蔓延。

會不會是自己詢問的方式太過無禮？還是新聞社社長沒有把意思傳達清楚？

諸如此類的胡思亂想，在女孩腦內不斷盤旋。

無視尤亞的糾結，年輕男老師的授課依然順利進行。為了提振學生們的精神，他改用抽籤來決定答題人選，這麼一來，人人都有機會被點到名，就算想打瞌睡也沒辦法。

當然這是一般的情況下。

「三十五號、三十五號是哪位同學？啊？還沒復學嗎？那就……十四號？」年輕男老師說著，從籤筒抽出另一支籤。

所有人的目光齊齊轉向夏冬青。

男孩一如往常地趴在臂彎間沉睡，完全不知道自己被點到答題。

年輕男老師的眉角抽搐了兩下，他使勁揉揉鼻梁根部才勉強耐住性子，讓夏冬青鄰座的同學把他叫醒。

正當尤亞滿懷希望地期待罰站好夥伴能加一的時候，睡眼惺忪的夏冬青卻漂亮說出正確答案，讓她大失所望。

「可惡的背叛者……」完全沒在反省的尤亞，只能看著又睡回去的夏冬青咬牙切齒。

下一秒，夾在課本縫隙間的手機突然震動起來。

是收到新訊息的通知！

尤亞才剛意識過來，失去支撐的手機就沿著書縫向下滑落，以自由落體的方式全速落下。

——怎能讓你得逞！

尤亞雙眼爆出精光，一把扔開礙事的課本矮身急撈，趕在手機摔落地面前將它接住。

如果現場有評分委員，這俐落的動作肯定能拿滿分。

「呼，我看看哦。」尤亞擦了擦額前的汗水，仔細確認新訊息的內容。

發信人理所當然是新聞社社長，主旨則是關於聯絡前任社長的結果。

總歸來說，事情進展得相當順利。收到見面請求後，前任社長爽快地答應了，時間暫定在今天放學後，地點則是學校附近一間咖啡廳。訊息裡也留下了前任社長的聯繫方式，讓尤亞如果有什麼問題就直接找他。

「太好了！」終於完成一件任務，尤亞振奮地握緊拳頭。

接下來只要和夏冬青確認時間，基本上就沒問題了……嗎？

回過神來，尤亞才發現全班同學、包括老師的視線都集中在她身上。

「欸嘿嘿……」拿著兀自震動不停的手機，尤亞擠出乾笑。

講臺上的年輕男老師也跟著展開微笑。他放下手上的課本，用指尖指了指尤亞，再比比牆上的掛鐘，接著指向教職員辦公室，最後豎起拇指在脖頸前一劃。

那是「妳」「放學後」「來辦公室一趟」的意思。

至於最後那個在脖子上橫劃的動作，尤亞不敢擅自解讀，那樣對心臟不好。

「看看看看來和前社長的見面必須要延後一點了呢。」尤亞擦了擦額前的冷汗，逞強似地擠出笑容。

◆

「抱歉，久等了……」

直到天色完全轉暗，尤亞才身心俱疲地走出校門。

老師長篇大論的說教，加上動物救援社的日常勤務，光是把上述兩者都搞定就花了她不少時間，現在茗川高中的校門口幾乎一個人也沒有。

除了某道站在圍牆陰影下的身影。

「阿青？」尤亞推了推夏冬青的臂膀，才讓男孩緩緩睜開眼。

「該不會是等到睡著了吧？」

「怎麼可能。」夏冬青淡淡垂下眼簾。「就算是我，也不可能站著睡著。」

「咦?難道這是在對我做無聲的抗議?因為等太久所以無聊到快睡著了?」

「只是閉目養神而已。」這麼表示的夏冬青看起來確實比平時還累。他從靠著的牆角直起身，朝校園一側的路口走去，「而且我也剛到沒多久。」

「你也剛到?可是現在離放學時間已經很久了耶?」尤亞一邊小跑跟上去，一邊提出疑問。

「我剛好有事情。」夏冬青言簡意賅地說道，臉上寫著「因為解釋起來很麻煩，所以別問」。

「難、難道是跟其他女人約會?」尤亞不敢置信地睜大眼。

「……並沒有。」

「還是去見幻想的朋友?」

「巧克力螺旋捲，妳很煩。」

兩人並肩走過車水馬龍的城市一角，來到一間裝潢低調的咖啡店前。

「就是這裡。」尤亞停下腳步，核對手機地圖顯示的位置。

「時間呢?」夏冬青以眼神示意。

「剛剛好，還有五分鐘才到六點半。」尤亞吞了吞口水，將視線從螢幕上移開。

之所以會約在這麼奇怪的時段，單純是因為某人在放學後被留下來——關於這點尤亞也好好反省過了。唯一值得慶幸的，就是提前和新聞社前任社長更改了約定時間，才沒釀成遲到的醜態。

「準備好了？」夏冬青將手掌按在玻璃門上，回頭向尤亞做最終確認。

「等、等一下啦！」

「……還要等什麼？」男孩的眼神明顯透出不耐。

「阿青，可以再說一次我要做什麼嗎？」尤亞緊張地捏住裙襬，手心滿是汗水，「我怕萬一又搞砸了……」

「放心，妳要做的事情很簡單，沒那麼容易搞砸。」夏冬青收回手，用掌緣敲敲尤亞的額頭，「我們和前任社長見面的目的，是為了獲取更多情報，對吧？」

「嗯。」

「同樣的，前任社長答應跟我們碰面，也肯定是想知道更多有關幽靈事件的資訊。」夏冬青冷靜地分析，「所以單方面的探問是不行的，必須要有一定程度上的交流，對方才會願意繼續談下去。」

「原、原來如此。」

「妳就負責扮演那個提供資訊的角色，巧克力螺旋捲。」夏冬青做出總結。

「如果對方提出疑問，在妳知道的範圍照實回答就好，畢竟妳才是幽靈事件的目擊者。至於重要的問題，由我來問。」

「重要的問題?像是什麼?」尤亞歪了歪頭，一臉迷惘。

「視情況而定。」夏冬青簡短回應，沒有繼續解釋下去。「準備好了就進去吧，差不多快到約好的時間了。」

「可是，我還沒準備好……」尤亞可憐兮兮地縮起肩膀，卻被男孩一把拉進去。剛推開門，咖啡廳特有的香味就撲面而來。咖啡豆、牛奶和麵包的香氣彼此融合，讓尤亞吞了吞口水。

自從中午就未進食的胃袋，正大聲提醒她進餐的重要性。要不是周圍客人的交談聲頗為喧鬧，尤亞恐怕已經羞愧地奪門而出了。

「餓了?」夏冬青淡淡問道。

「沒沒沒沒有啊!」尤亞迅速按住肚子，別開眼神吹著漏氣的口哨。

「那就再忍耐一下。」

「咦?一般來說會這樣回答的嗎!」

「六點半了，巧克力螺旋捲。」夏冬青一點也不打算憐香惜玉地指了指尤亞的手機，示意她差不多該聯繫新聞社前任社長了。

「啊，等等哦。」尤亞連忙在通訊軟體上輸入字句。過了一會兒，手機就傳來回訊的震動。

「他說他已經到了，在二樓的十七號桌。」

「二樓嗎……」夏冬青環視周遭，在咖啡廳一角找到上樓的階梯。

先後在一樓點完餐，兩人拿著送餐用的號碼牌走上樓，相比樓下略顯熱鬧的氣氛，二樓的環境靜謐許多。走道動線巧妙避開各桌附近，座位與座位間的距離也分得相當開，是充分考慮到談話空間需求的設計。

「十五號……十六號……」尤亞低聲數著桌號，沿著走道步入二樓深處。

「在那裡。」夏冬青拍拍她的肩膀，指向位於轉角處的四人座。

四人座面對階梯的位置，坐著一位大學生年紀的長髮美人。看到尤亞與夏冬青身上的茗川高中制服後，她立刻微笑著舉起手打招呼。

「前任社長原來是女的嗎？」夏冬青一面舉手回應，一面冷靜問道。

「不，應該是男的才對，畢竟聯絡用的ID叫做『Man．KO!』呢。」尤亞同樣冷靜地回應。如她所說，這樣的使用者名稱的確充滿難以忽視的陽剛氣息。

「別慌，阿青，這世界上有一種生物叫做『偽娘』，想必他也是其中一員吧。」

「可是巧克力螺旋捲，偽娘會有遠勝於妳的『那個』嗎？」夏冬青意有所指地望向長髮美人環抱在手臂間、不可忽視的胸前份量。

發現這個「遠勝自己」的形容沒有絲毫誇大後，尤亞發出遭受重拳打擊的噗咳聲。

「完、完蛋了，以為對方是男生就大意了，不小心在聯絡的時候開了有點下流的玩笑……」

情。

「具體來說是哪方面的玩笑？」

「和她ID有關的日文諧音梗。」

「妳是哪來的中年大叔嗎？」夏冬青無言地看著尤亞抱住頭，露出懊悔至極的表情。

「那個……」眼看兩人遲遲沒有過來落座，長髮美人小聲插口，「兩位是尤亞和夏冬青同學吧？」

原訂六點半、實際開始時間卻整整晚了十多分鐘的會談，這才終於展開。

雙方都做過簡短自我介紹後，兩人才確定眼前這位就是真名劉詩晴、本人氣質與「Man．KO!」這個ID完全搭不上邊的新聞社前任社長。

「老實說，前陣子看到校刊報導幽靈事件的時候，我真的嚇了一跳。」詩晴用玻璃棒攪動冰咖啡，眼神流露一絲懷念。

「明明才畢業不到一年，荻悠那件事卻好像過去很久了。」

聽到關鍵字，尤亞和夏冬青立刻交換眼神。

「那個，詩晴學姐……」

「妳就是目擊事件的女生吧？」逕自打斷尤亞的發言，詩晴托著臉頰，與她四目相對。

「我想你們找我出來，一定有很多事情想問，但能先和我說說事情發生的經過嗎？

校刊上寫的『幽靈』到底是怎麼回事？妳真的看到荻悠了嗎？」

「關於那方面，其實我也不太確定……」尤亞吞了吞口水，盡可能鉅細靡遺地將兩次遇上沐荻悠幽靈的經過說了一遍。

說明期間，詩晴時不時會插口詢問一些細節，但整體來說，談話仍進行地十分順利。沒過幾分鐘，尤亞就將至今為止的經歷敘述完畢。

「她最後指著田貴仁老師嗎……」詩晴在面前交疊手指，陷入沉思。

隨著交談中斷，氣氛也變得有些尷尬。聽完事件經過的詩晴似乎心事重重，三人就這麼僵在原地，誰也沒先開口。

正當尤亞認真思考要不要說點什麼來緩和氣氛時，服務員正好來到桌邊，將兩人的餐點送上。

「這是熱壓吐司和咖啡的套餐，還有加點的特大號冰淇淋鬆餅。那這邊餐點都到齊囉。」服務員小姐一邊說著，一邊將巨大的甜點放到尤亞面前。

「妳晚餐就吃這個？」點了相對健康許多的吐司和咖啡的夏冬青挑起眉梢，「說好的減肥……」

「阿青。」尤亞將食指點在夏冬青唇前，眼中滿是笑意，「我現在不想聽這個。」

「這份鬆餅的熱量換算成白飯……」

「我不想聽我不想聽！」尤亞摀住耳朵，拚命搖頭。

「減肥什麼的明天開始就好，人家現在就是想吃甜的！不要阻止我！」

不顧詩晴還坐在對面，尤亞抄起叉子挖了一大口鬆餅，在夏冬青無言的注目下，將鬆餅連著冰淇淋塞進嘴裡。

「嗚唔?!」尤亞睜大眼睛。

冰涼奶油在熱騰騰的鬆餅表面融化，跟巧克力的甜香、鬆餅鬆軟的口感完美混合，一同在舌尖上綻放。

「好好吃！」尤亞捧住臉頰，露出無比幸福的表情。

夏冬青默默別開視線，臉上滿是「本來想說些什麼，但想想還是算了」的神色。

看著這幅景象，詩晴像是覺得很有趣地笑了出來。

「你們兩個在交往嗎？」

「不，我跟她不熟。」夏冬青無視尤亞大受打擊的反應，果斷撇清關係。

看著整個人被灰白特效籠罩的尤亞，詩晴微微勾起嘴角，神情總算放鬆下來。

「抱歉，剛剛光顧著問問題。你們找我出來，應該也有事情想問吧？請不用顧忌，只要在知道的範圍內，我都會盡量回答。」

「那麼，詩晴學姐。」夏冬青輕按住桌面，神情嚴肅。

「我能問問沐荻悠學姐和田貴仁老師的關係嗎？」

「啊，也是呢。」聽到這個問題，詩晴苦笑。

「從事件的發展來看，果然會最先在意這點嗎？」

「那個，如果不方便說的話……」看著學姐為難的模樣，尤亞忍不住插口，卻被詩晴搖搖手阻止。

「不，沒關係的。雖然不是什麼能大聲張揚的事情，但既然都到這個地步了，好像也沒有繼續保密的必要。」

詩晴啜了口冰咖啡，稍微沉澱心情後才抬起頭。

「荻悠她……生前和田老師是戀人關係。」

「欸？」尤亞傻傻地歪過頭，夏冬青則露出「果然是這樣嗎」的眼神。

「等、等等！這很奇怪吧？田貴仁老師前陣子不是才剛請完陪產假回來嗎？他和沐荻悠學姐是戀人關係？」

「笨蛋，小聲一點。」夏冬青一把按住尤亞的額頭，強迫她閉上嘴，「妳沒看出這就是問題所在嗎？」

「可是，那個……陪產假也就是說……已、已婚？而且還是師生戀……？」尤亞眼中一片混亂，結結巴巴半天，卻連一句正常的句子都說不出來。

「可以告訴我們詳細情況嗎？」夏冬青冷靜地詢問。

詩晴別開視線，讓裝飾在咖啡廳牆上的掛鐘映入眼簾。在無言的注視下，鐘擺依舊維持節奏，一左一右地搖晃。過了半晌，詩晴才收回視線，正面迎接夏冬青的目光。

「叩」的一聲，她將裝有冰咖啡的玻璃杯放回桌上。

「話先說在前頭，荻悠的過去可能遠比你們想像的還沉重很多。一旦知道真相，就必須背負相對應的責任，你們有這種程度的覺悟嗎？」

面對長髮美人的提問，尤亞和夏冬青很快點了點頭。

詩晴微微一愣，旋即展開微笑。

「很不錯的眼神呢……如果是少年漫畫的話，應該會這麼說吧。」

她用指尖夾住玻璃棒，在咖啡杯中緩緩攪動。

放下玻璃棒時，詩晴已經換上嚴肅的表情。

「尤亞同學、夏冬青同學，不好意思，接下來要說的話可能有點不中聽，但我認為有必要先和你們說清楚。」

詩晴逐一對上兩人的目光，雙唇輕啟，「我能理解你們迫切想獲得更多資訊的心情，也明白包括新聞社的現任社員在內，大多數人可能都把這起事件當作校園怪談來看待。但距離『那件事』發生，也不過短短一年多的時間。」

「沐荻悠這個人」還沒有被忘卻、還沒有被時光的洪流沖刷殆盡——詩晴想表達的就是這個意思。

「聽我說完之後，無論願不願意，你們都必須背負她人生中最重要的一部分，包括荻悠的家人、朋友，還有所有認識她的人，只要牽扯進來，就會被這些事物切身影響。

更何況你們還是茗川的學生，知道詳情之後想抽身也很難，這也是我一直以來都沒把荻悠和老師的事告訴別人的原因。」詩晴說著將手掌放在胸口。

「像我自己，直到畢業後的現在都還沒能完全放下。對我們這些認識荻悠的人來說，這並不只是一起校園靈異事件，而是關乎好友、家人的回憶。如果你們知道了荻悠的過去，也許有一天得直面這些背負傷痛的人們。」

並非嚴厲的斥責，詩晴像是在引導後輩般，以溫和的語氣對兩人傾吐話語。

「如果只是抱著想聽怪談的心態約我出來，那現在收手還來得及。畢竟有時候，光是『知曉真相』就是一種責任。這麼說你們能明白嗎？」

尤亞咬緊嘴唇，正想澄清自己決不是抱著輕浮的心態打探消息的時候，夏冬青就在她面前豎起手掌。

「關於這點，請放心，我們打從一開始就沒把這件事當靈異事件看待。」

詩晴眨眨眼，似乎對這樣的回答感到意外。

「你的意思是……？」

「如果真的是靈異事件，那我們應該去找驅魔師，而不是學姐妳。」夏冬青以就事論事的語氣說道，眼中閃過犀利的光芒，「從目前蒐集到的資訊來看，我認為這起事件，和那些怪力亂神的東西無關。」

「阿青，你在說什麼？我可是真的看見了耶，沐荻悠學姐的幽……」

「哦？」

沒等尤亞急切的咬耳朵結束，詩晴就露出感興趣的眼神。

「如果不是靈異事件的話，你能解釋荻悠為什麼會突然出現嗎？」

「這就要視詩晴學姐的回答而定了。」夏冬青端起咖啡杯啜了一口，神情平穩。

「拿拼圖來比喻的話，現在已經湊齊四個角落。但最終結果如何，還是得看中間的圖案長什麼樣子。」

「原來如此。」詩晴點點頭，似乎是接受了這個說法。

「只要你們有相應的覺悟，也許現在真的是說出來的好時機。但你們能保證絕對不會把荻悠和田老師的事情洩露出去嗎？」

「這是當然……」

「很遺憾，這部分我們不能保證。」

「欸？」

無視尤亞朝自己拋來的錯愕眼神，夏冬青淡定地抬起視線。

「排除靈異的可能性，老實說，這起事件的破綻很少，我想只憑一般的調查方式恐怕很難找出真相，所以關鍵應該會在情報戰。」

「情報戰？」詩晴微微偏過頭。

「嗯，如果想找到突破口，可能得在某種程度上動用手上的資訊。這就是為什麼我無法在聽之前就保證絕不洩漏出去。」夏冬青肅容說道。

「也請詩晴學姐相信我們絕不是抱著隨便的心態來探聽消息。當然，如果後續有動用資訊的必要，也會提前和詩晴學姐討論。要是這樣還不放心……」

「不，這樣就夠了。」詩晴靜靜露出微笑。

「知道你們不是來打聽八卦的，這樣就夠了。」

「詩晴學姐……」尤亞忍不住小聲開口，「沐荻悠學姐的事情，真的方便告訴我們嗎？」

「就像我剛剛說的，現在或許就是說出來的好時機。」詩晴再度用玻璃棒攪拌咖啡，隨著杯中捲起的漩渦漸漸擴散，她也重新挺直背脊。

「而且，懷疑荻悠和田老師關係的人其實不在少數，所以我前面才沒刻意隱瞞。但真正了解詳情的，應該只有我而已。」

「沐荻悠學姐沒有其他朋友嗎？」夏冬青迅速接住話頭。

「就我所知，應該沒有。」詩情搖搖頭，臉色黯淡下來。

「荻悠的個性本來就很怕生，就算加入社團也幾乎不跟我以外的人講話。雖然大家都對她很友善，但能稱為朋友的人可說是一個也沒有。」

「這麼說起來，詩晴學姐是怎麼和沐荻悠學姐變熟的？」

「我們從國小就認識了啊，花了很長一段時間才慢慢變成朋友。」詩晴笑著回應夏冬青的疑問。

「新聞社其實也是我硬拉著荻悠加入的，希望她能藉著社團活動多認識一點人。」

「我明白了。」夏冬青點點頭，適時收住問句。

詩晴用指尖滑過玻璃杯表面的水珠，順著話題繼續說道，「要讓你們聽懂的話，可能得從荻悠生病的時候說起……」

「生病？」這回換尤亞坐不住了，「沐荻悠學姐身體不好嗎？」

「與其說身體不好……」詩晴謹慎選擇措辭，停頓了一秒才再度開口，「是憂鬱症哦。」

「啊……」尤亞趕忙摀住嘴巴。

「沒關係，憂鬱症的發生有時候也和生理狀態有關，所以要說身體不好其實也沒錯。」詩晴溫和地對尤亞點點頭，示意她不必緊張。

「大概是高一下學期吧，荻悠那段時間一直有接受學校老師的輔導，其中一個就是田貴仁老師。對當時心靈很脆弱的荻悠來說，來拯救、保護她的田老師，大概就像童話故事裡的王子一樣吧。」

尤亞和夏冬青不動聲色地交換眼神。

光是聽到這裡，事件的起因就幾乎有了底。但詩晴接下來說出的話語，卻讓兩人心頭一震。

「別誤會哦，荻悠她不是第三者。」詩晴輕聲說道，注意不讓談話內容傳出四人座範圍外。

「雖然師生戀的確不是什麼值得張揚的事情，但荻悠和老師確實是和平交往、和平分手的。」

「咦？可是田老師前陣子請的不是陪產假嗎？這樣時間上……」尤亞歪著頭，在面前交叉手掌做出「重疊」的手勢。

「別著急，等等就會說到那裡。」詩晴眨眨眼，臉色依舊波瀾不驚。

「光看事情的結果，你們可能覺得田老師是壞人吧？又是勾搭女高中生，又是劈腿的。但他人其實很好，也一直很努力照顧學生，所以才會願意兼差到輔導室幫忙。」

尤亞想起幾天前與田貴仁在校舍後方巧遇的事情。

當時天色已晚，田貴仁便詢問需不需要送她到校門口。雖然只是不經意的舉動，卻能看出他主動關心學生的一面。

「不過，大概是年紀還輕的關係吧，田老師不太懂得拿捏師生間的分寸。而且荻悠又是很有魅力的女孩子，兩個人就這樣糊里糊塗地在一起了。」

詩晴才說完，親眼看過櫻樹下那幅美景的尤亞便露出「我懂！」的眼神連連點頭。足以讓同性都不禁為之動容的美貌，還有那近乎透明的氣質——沐荻悠就是散發著這樣的吸引力。即使是不相熟的人，內心也會油然升起一股想伸手觸碰她的衝動。

「雖然我自始至終都不太贊成這段戀情，但那段時間，我真的是第一次看到荻悠露出這麼幸福的表情。」詩晴沉浸在回憶中，雙手緊握。

「不過後來事情有了變化，兩個人就協議分手了。」

「是因為師生戀被人發現嗎？」尤亞猜測，然而詩晴卻搖頭。

「他們在交往的事情，一直都沒有被我以外的人知道，否則田貴仁老師早就被革職了。」

「那為什麼……」

「你們應該不知道吧？田老師家，其實是這塊地區的名門哦。」詩晴豎起手指說明，「茗川附近有不少土地都是他們家的。因為子嗣眾多的關係，有不少中小企業都在田家名下。」

「咦？可是這跟沐荻悠學姐有什麼關係？」聽到這邊，尤亞仍然一頭霧水。

「是政治聯姻吧。」一旁的夏冬青悄聲開口。這回詩晴很快點了點頭。

「你猜的沒錯。雖然已經是地區望族，但為了提升事業上的影響力，田家還是決定和某大企業聯姻。這其中田家祭出的籌碼就是年輕有為、又擔綱教職人員的田貴仁老師。」

不用詳加說明，尤亞和夏冬青也能聽出這個情況有多不妙。

「和學生交往的事情當然不能讓家裡知道。否則醜聞要是傳出去，別說聯姻機會了，連荻悠、家族和學校的所有人都會被牽連進來。」

「所以才會選擇分手嗎？」尤亞不禁覺得有些難過。

「嗯，雖說荻悠也知道這是無可奈何的結果，但還是因此受傷了。」詩晴嘆了口氣，眼神黯淡下來，「我當下有努力安慰她，但荻悠本來就是容易鑽牛角尖的個性。大概一年前，『那件事』就發生了。」

「那件事」指的是什麼，詩晴沒有明講，但尤亞和夏冬青自然猜得出來。田貴仁老師喜獲麟兒的消息，肯定在茗川高中也有不小的討論度，這無疑對沐荻悠又是一次沉重的打擊。

「是我的錯……」晶瑩的淚珠在詩晴雙眼中打轉，她顫抖著咬緊嘴唇，強忍住不讓淚水潰堤。

「我想說老師都結婚這麼久了，荻悠也差不多放下了……沒想到會變成這樣……如果我那時候再多關心她一點……說不定……還來得及……」

儘管憑藉強大的自制力勉強控制住情緒，女孩的語尾卻不住哽咽。

「詩晴學姐……」尤亞遞出紙巾，卻被詩晴搖手婉拒。

「我沒事，請別擔心。」長髮美人深呼吸了幾次，臉色逐漸重歸平靜。

寂靜籠罩咖啡廳一角，就連鄰座客人用小湯匙在瓷杯內攪動的輕響都能依稀聽見。

過了半晌，夏冬青才默默抬起手。

「詩晴學姐，我能問一個問題嗎？」

「請說。」

「沐荻悠學姐和田老師交往的事情，除了妳以外還有誰知道嗎？」

「嗯……」詩晴沉吟一會兒後搖搖頭，「他們很低調，應該不至於被懷疑，要不是這次校刊社大肆宣傳，可能一輩子都不會有人發現……不過現在就難說了，報導出來之後，我想茗川高中應該有不少人都在猜測荻悠和田老師的關係。」

「只是猜測的話倒無所謂。」夏冬青淡淡說道，「我主要是想知道，除了詩晴學姐以外，還有沒有人知道他們交往、分手的經過？比方說荻悠學姐的家人？」

「荻悠的爸媽比較古板，她應該不敢讓他們知道，荻悠的妹妹荻伶或許知道一點。不過……嗯，當時她年紀還小，印象中她們姐妹倆一直不算親近，就算猜到一些，多半也不清楚詳情吧。」詩晴緊皺眉頭，努力挖掘記憶深處。

「詩晴學姐和她的家人熟嗎？」夏冬青緊接著問。

「國中時有去過她家一、兩次，還有在荻悠的告別式上也有見過面，但不算太熟……啊，我有和荻悠的妹妹聊過幾次天，她和姐姐不一樣，個性強勢很多，有種不太好相處的感覺？」

「嗯……」問到這邊，夏冬青沉默下來。

重新整理好思緒後，他向詩晴遞出充滿試探的眼神。

「詩晴學姐，妳會恨他嗎？」

「恨……誰？」詩晴愕然偏頭，一下子沒能理解這句話的意思。

「田貴仁老師。」夏冬青很快回答。

「啊，會不會恨他嗎……」

沉默良久，詩晴露出略帶苦澀的笑容。

「要說懷有不滿那是肯定的，但應該不至於到恨。畢竟荻悠確實曾因此得到救贖，老師也是出於無可奈何才選擇分手的。他們只是……在錯誤的時間遇到彼此而已，並不是誰的錯。」

「詩晴學姐……」尤亞熱淚盈眶地看著散發聖母光輝的詩晴，完全沒注意到鬆餅上的冰淇淋已經融化得差不多了。

夏冬青不動聲色地挪了挪手臂，避開從盤子邊緣滴落的香草冰淇淋，順勢抽出紙巾墊在即將遭殃的桌面上。

「總結來說，學姐和老師從交往到分手的過程，只有詩晴學姐一個人知道，我能這樣認為嗎？」

「應該是這樣沒錯。」面對提問，詩晴點頭予以肯定。

「有沒有可能約會或親暱時被人撞見？或是訊息不小心被家人看到之類的？」

「唔……這部分我就不是很清楚了。」詩晴露出為難的表情。「不過如果只是想確認有沒有其他知情者的話，我想應該是沒有的。」

在尤亞和夏冬青的注視下，她回過身，翻了翻掛在椅背上的包包。

幾秒後，在桌上攤開的「某物」，讓兩人睜大眼睛。

「因為就連告訴我的時候，荻悠也是用這種不乾不脆的方式，嘛……我實在不認為她還會跟誰說啦。」

詩晴流露笑意的雙眼中，盈滿懷念的濕氣。

第4章 櫻樹下的幽靈（四）

兩人與詩晴在咖啡廳門口告別時，時間已經超過晚上八點。下班、下課的交通尖峰時段剛過，街上變得冷清許多。

尤亞和夏冬青並肩而行，路燈照映下他們的腳下拉出長長的陰影，兩人影子的身形看起來都比本人修長許多。

「沒想到田貴仁老師居然真的和學姐交往過，而且家世背景還這麼硬……」尤亞看著地上腰細腿長的影子，忍不住有些羨慕。「這根本是八點檔的劇情吧？」

「八點檔的劇情是這樣嗎？」沒什麼在看電視的夏冬青微微抬起眉梢。

「我很常陪我阿嬤一起看，所以也算略懂略懂哦。」尤亞抬起下巴，得意地鼻孔噴氣，「那種連續劇都在演一些正宮小三大亂鬥啊、為了利益結婚才發現自己根本是第三者之類的東西。」

「是嗎……」夏冬青還是不認為沐荻悠和田貴仁的戀情，和那種芭樂的鄉土劇有任何相似之處。

「還有還有，我小的時候我爸也會看哦，深夜的八點檔。」

「深夜的八點檔？」聽到尤亞意料之外的補充，夏冬青隱隱感覺不對勁。

「就是那種……嗯……有個白人美女坐在沙發上，然後後面有很多黑皮膚男……」

「好了，這個話題到此為止。」趕在尤亞飆車飆到失速前，夏冬青果斷截住話頭。

行人交通號誌恰巧在兩人面前由綠轉紅，準備穿越十字路口的人、車紛紛停下，讓另一個方向的車流通過。

「話說回來，阿青。」完全沒意識到自己剛才差點成為秋明山車神的尤亞，在紅綠燈進入倒數十秒時打破沉默。

「你最後說『沒有洩露詳情的必要』，那是什麼意思？」

「那個嗎……」燈光映照下，夏冬青的側臉顯得比平時更為疲倦。

「就跟字面上的意思一樣，我想這起『櫻樹下的幽靈』事件，應該不用把沐荻悠和田老師的地下戀情當作籌碼也能解決。」

臨別時，詩晴曾問起這件事，當下夏冬青就是這麼回答的。

「咦？已經進行到可以解決的階段了嗎？什麼時候？為什麼？」尤亞睜大雙眼，連珠炮似地提問。

「解釋起來很麻煩，而且也還不確定會不會成功，所以……」

「告訴我、告訴我嘛！」沒等夏冬青說完，尤亞就抓住他的衣領連連搖晃。

「時候……到了……妳……自然……就會知道……」

交通號誌由紅轉綠，及時解救一臉生無可戀的夏冬青。

「不過，有一點我還挺意外的。」又走了一小段，夏冬青突然難得地主動開口，眼睛半閉的他看起來像是隨時會睡著。

「剛剛的……」

「咦咦！難道阿青發現詩晴學姐的話哪裡有疑點嗎？」尤亞立刻抓住夏冬青的袖口，眼神滿是期待，「快告訴我！」

「剛剛的冰淇淋鬆餅，真虧妳會讓它融化呢。」

「欸？」

「我還以為巧克力螺旋捲肯定是那種，不管談論的話題有多嚴肅，都會優先考慮美食的人。」

「欸？」

「結果居然還是讓它融化了，真讓人意外。」也許是想起尤亞發現香草冰淇淋徹底融化成液體時的淒慘表情，夏冬青的嘴角隱隱上揚。

「不、不是！難道你要我在詩晴學姐提到『這種事情』還有『那種事情』的時候，都一臉悠哉地吃甜點嗎？再怎麼沒神經的人，也不會做到那種程度吧？」尤亞忍不住大聲抗議。

確實如她所說，在談論嚴肅話題時，要是有個人在面前大啖冰淇淋鬆餅，氣氛肯定會變得無比詭譎，原本能說出口的事情也會變得難以啟齒吧。

就是顧慮到這點，尤亞才拚命抵擋甜食的誘惑，不惜讓冰淇淋融化，也要讓詩晴先把話說完。

「總之，我明白妳的決心了，巧克力螺旋捲。」

「等等！我的決心是可以用冰淇淋鬆餅來表示的嗎?!」

「明天或後天，到時有件事情得拜託妳，等我的消息。」說完這句，夏冬青就指指通往另一個方向的岔路，向尤亞示意「那麼，我走這邊」後，獨自轉身離開。

「阿青，辛苦了！明天見哦！」尤亞將手掌圈在嘴邊，朝夏冬青的背影喊道。

男孩沒有回頭，只是微微舉起手作為回應。

目送夏冬青的身影消失在轉角，尤亞的臉色迅速消沉下來。

憂鬱症、師生戀，還有地方望族的政治聯姻，種種料想不到的名詞，通過這次的會面躍入眼簾。

唯獨沐荻悠的幽靈出現的原因，依舊處於五里霧中。

「妳到底想跟我說什麼呢?沐荻悠學姐……」望著躲藏在雲中的月亮，尤亞喃喃自語。

◆

「妳說，希望新聞社能在校刊的網頁版上，再次刊登有關『櫻樹下的幽靈』的文章?」

「拜託了！愈離奇、愈靈異愈好！」尤亞用力合十雙手，向推著眼鏡的新聞社社長低下頭。

「雖然也不是不行，但我能問問理由嗎？」社長放下手，淡淡問道，「為什麼要把幽靈指向田老師的事實去掉，再塞入大量臆測內容？這麼做有什麼意義嗎？」

女孩的眼鏡表面閃出精光，看來如果沒有給出令她滿意的回答，尤亞這種欲蓋彌彰的行為，反而會被拿來當作新聞話題炒作。

「這個……需要這麼做的原因，其實我也不清楚。」

「妳也不清楚？」社長疑惑地望著一臉心虛的尤亞。

「那我就更不可能答應了，身為社長，我不可能為了這種毫無根據的事情動用新聞社寶貴的人力，妳應該也能理解吧？」

「啊！但是但是……」尤亞急忙揮手，拚命不讓話題就此結束。

「這是夏冬青的建議，他說只要這麼做，就有很大的機率能夠解決『櫻樹下的幽靈』事件哦！」

「那個夏冬青？」聽到這個名字，原本打算在尤亞面前甩上社辦大門的女孩，動作微微一頓。

眼看事情有了轉機，尤亞趕緊湊上前，一面顧及周圍，一面小聲說道，「請他協助調查之後，最後得出的結論就是這樣。但每次我問『為什麼？』的時候，那傢伙都會一臉嫌煩的樣子，像這樣……」

尤亞按住眼角，模仿夏冬青睡眼惺忪的模樣，「因為解釋起來很麻煩，所以別問。」

「噗……」被尤亞傳神的模仿逗得笑出來，社長搖頭擦了擦眼角。

「如果對破解事件有幫助的話，新聞社倒是很樂意幫忙。不過對於刊登文章的要求，還是具體一點比較好。比方說，文章的內容除了不要提到田老師之外，還要添加什麼素材或是話題嗎？單單要求『離奇』『靈異』的話，我們會很難辦事哦。」

「啊，關於這部分……」尤亞張了張嘴，才想起夏冬青先前的叮囑。

「希望能表現出『比起幽靈和田老師間的關係，茗川的學生更在乎怪談本身』這種感覺？」

「意思是說，加入某種程度的渲染和臆測也沒有關係囉？」社長推了推眼鏡，準確理解尤亞想要表達的意思，「你們是想把『櫻樹下的幽靈』，包裝成『尼斯湖水怪』或『裂嘴女』那樣比較戲劇化的怪談，我沒說錯吧？」

「對對對，就是這個意思！」尤亞點頭如搗蒜。

新聞社社長露出文靜的微笑。

「只是這樣的話，可以哦。」

「真的可以嗎？不會麻煩嗎？」

「如果能解決事件的話，寫篇文章算不了什麼，不過……」社長豎起手指，朝尤亞逼近一步，鏡片下的雙眼綻放嗜血的求知慾，「要是真能破解這個最新的『茗川七大不可思議』，尤亞同學，妳必須接受新聞社的專訪。」

「專訪?」尤亞一楞。

「沒錯，上回夏冬青破解怪談的時候，因為過程太突然，我們新聞社沒能進行追蹤報導，是我的一大失誤。」社長推了推眼鏡，緊抿的嘴角溢出悔恨。「所以，這次無論如何，都必須把破解『櫻樹下的幽靈』事件的前因後果寫成報導。至於主題嘛……可以用『茗川高中的福爾摩斯』……」

「真變成那樣的話。」一道平淡的聲音從尤亞身後橫插進來，「破解這個事件就等於失去意義了。」

「阿青!」尤亞急忙回過頭，夏冬青修長的身影映入眼簾。

男孩背靠牆面，將重量完全託付在後方，那副身姿看起來就像隨時會睡著一樣。唯獨半閉的雙眼中，隱隱蘊含犀利的光芒。

「夏冬青?」新聞社社長忍不住上前一步，沿著門邊向外窺探。

「你剛剛說的是什麼意思?」

「就是字面上的意思。」夏冬青轉過頭，頗具玄意的回答讓人摸不著頭緒，「如果『捏造怪談』的策略成功奏效，就證明我的假設是正確的。在這個前提下，公開整起事件的前因後果，並不是明智的選擇。」

社長無言地望向尤亞，後者吐了吐舌頭，雙手一攤，滿臉「別看我，我也沒聽懂」的表情。

「當然，或許我根本猜錯了也說不定。」夏冬青垂下眼簾，起身離開牆角。

「結果如何，還是得看刊登文章的效果，這點還請妳務必幫忙。」

「呃，好……」

「謝謝妳，文章的部分，請記得要發表在校刊的網頁上。那麼我們就不打擾了。」

社長才剛反射性地點頭，夏冬青便一把抓住尤亞的後衣領，將她強行拖走。

「欸？這就行了？」尤亞傻傻的跟新聞社社長揮手道別，任由男孩將自己拉進一旁的空教室。

夏冬青一路拖著尤亞到窗邊才停下腳步。

「巧克力螺旋捲，妳拜託人的方式太溫吞了。在對方不需要付出太多代價也能幫上忙的情況下，太快把自己定義為弱勢只會被趁機剝削一頓而已。」夏冬青斬釘截鐵地表示。

「噢……」尤亞縮起脖子，想起自己稍早差點答應接受採訪的事情。

以茗川高中新聞社對有趣題材的嗜血程度，要是真的配合採訪，別說幽靈事件的因果了，尤亞恐怕連今天的內褲顏色都會供出來。

「可是阿青，我還是不懂為什麼要讓新聞社刊登那種怪力亂神的文章，還指定要發在網頁上，這樣做真的有辦法解決事件嗎？」

「等著看就知道了。」夏冬青鬆開尤亞的後領，疲倦地按住鼻梁，「或許我猜錯了也說不定。但根據現場調查，還有和詩晴學姐面談的結果，『那種可能性』是最高的。

「哪種可能性啊？」眼看夏冬青似乎難得願意耐住性子解釋，尤亞趕忙追問。

「巧克力螺旋捲，妳聽過『不注意盲視』這個詞嗎？」

「不注意芒刺？」尤亞支著下巴，一本正經地想了想。

「是芒刺在背的某個表親嗎？」

「……也是，我本來就沒對妳抱有任何期待。」夏冬青眼神死地嘆氣。

「不注意盲視也被稱為『注意力錯覺』，這麼說應該有好懂一點吧？」

尤亞飛速搖頭，讓夏冬青的臉色又更難看了些。

「魔術總有看過吧？很多魔術的障眼法，都和注意力錯覺有關。簡單來說，就是能讓『本來能看到的變得看不到』。」

「啊，像是把兔子切成兩半再接回去那樣？」尤亞一敲手掌。

「並不是……唉，算了。」夏冬青掩住臉，向尤亞伸出手，「隨便給我妳身上一樣東西。」

「咦？該、該不會是要現役女高中生的內褲……」

「給我妳的手機。」夏冬青果斷說道。原本滿臉嬌羞將雙手探向腰際的尤亞，不情不願地從口袋裡掏出手機。

「喏，不要偷看瀏覽紀錄哦？」

「放心，我對妳的癖好沒有興趣。」夏冬青拿到裝有粉紅兔子保護套的手機後，立刻迅雷不及掩耳地轉過身，舉手往窗外一甩。

「啊！烏薩達二世！」尤亞急忙衝到窗邊，探頭往下方的校庭望去。

然而午休期間的校庭空蕩蕩的，除了某位聽到這聲叫喊、用嫌惡眼神抬頭瞪來的短髮女學生外，沒有半點異狀。

當然，被尤亞暱稱為「烏薩達二世」的粉紅兔兔手機也不見蹤影。

「咦？為什麼？」

「碰。」夏冬青毫無感情地念出音效，往身旁的課桌椅一指。

「變到裡面去了。」

「不、不要瞎掰好嗎！」尤亞焦躁地伸手探向抽屜，卻在下一刻變了臉色。

理應空無一物的抽屜內，傳來粉紅兔兔手機熟悉的觸感。

「烏、烏薩達二世！」

隨著女孩收回手，可愛的粉紅兔兔手機也隨之現身。

「嗚嗚嗚，對不起！媽媽絕不會再讓妳落入壞人的手中了！」尤亞用臉頰猛蹭手機表面，眼角泛出熱淚。

「『注意力錯覺』就是這麼回事。」夏冬青將手臂環抱在胸前，簡略解釋道，「人類的雙眼是很容易被蒙蔽的，看見不代表看到了，沒看見也不代表沒看到。」

「報告老師，我還是沒聽懂。」秉持著「不懂就要問」的精神，尤亞用力舉起手。

「妳的視線被我丟東西的動作吸引了，其實我只是把手機從右手換到左手而已。」夏冬青拿出自己的手機，往窗外又做了一次投擲手勢。

經過提醒，尤亞這回終於看清夏冬青的動作。

男孩在把手機扔出去前一刻就鬆開指尖，順著手臂的拉弓動作，讓手機旋轉著往身後落下。右手大力揮出的瞬間，左手再漂亮地向後一撈，將手機穩穩接住。

整組動作一氣呵成，不集中精神違抗直覺的話，很容易會被「手機被扔出去後，突然消失不見」的錯覺給牽著鼻子走。

幾乎找不到破綻的技巧十分了得，尤亞此時卻只用「你剛才居然用這種亂來的方式對待我的烏薩達二世？」的空洞表情瞪著夏冬青。

「這就是『不注意盲視』，俗稱障眼法。」夏冬青無視尤亞滿滿指責意味的眼神，順手把手機放回口袋。

「心理學上有個很著名的實驗叫做『看不見的大猩猩』。實驗內容是讓受試者觀看一部黑、白兩隊球員傳接球的影片，並要求他們單獨算出白隊傳球的次數。隨著影片進行，會有一位穿著猩猩服裝的工作人員亂入，並在畫面中央做出捶胸的動作。」

「這什麼亂七八糟的實驗啦！」

「聽起來很亂來，但結果顯示，半數的受試者直到影片播完，都不會發現大猩猩的存在。」夏冬青點了點眼角，繼續說明，「這足以證明人類的視覺、甚至是意識，都能透過簡單的手段操縱。」

「哼哼，那是凡人才會有的弱點，像本小姐這種意志堅定的人……」

「啊，有幽浮。」

「哪裡?!」

「總結來說，我認為現階段繼續解釋妳應該也聽不懂，所以先記住這個論點就好。」夏冬青看著趴在窗邊抬頭張望的尤亞，微微聳肩。

一陣涼風拂過窗沿，讓尤亞瞇起雙眼。

過了半晌，女孩才撫了撫捲翹的髮尾，倚著窗臺轉過身。

「吶，阿青。」

「嗯？」

尤亞平時迷糊的表情一掃而空，取而代之的是閃耀認真光芒的雙眼。

「沐荻悠學姐，直到最後都還是喜歡著田老師吧？」

夏冬青默默盯著尤亞，任由寂靜蕩漾在兩人之間。

他點了點頭。

「嗯，我想也是。」尤亞展開安心的笑容，用力吁了口氣。「如果不是這樣的話，很多事情就說不過去了。」

夏冬青垂下眼簾。

「嗯，妳說的沒錯。」

◆

隔天上午，茗川高中的校刊網頁便被〈櫻樹下的幽靈大解析?! 脫胎自茗川校史的百年怪談〉的斗大標題給佔據。文章煞有其事地比對茗川校史與地方都市傳說的關係，並做出詳細的剖析。

除此之外，新聞社還用了數個子版篇幅，分別發表「吊死鬼抓交替論」「樹妖論」和「地縛靈論」等諸多論點，替整起事件染上濃烈的神秘色彩。

系列文章的末尾，主筆者還信誓旦旦地寫下「將會撼動茗川七大不可思議的傳奇怪談」這樣的聳動結論。

光就轉移焦點這一方面，新聞社確實達到了夏冬青的要求。如此具話題性的系列文章推出後，想必會在茗川高中、甚至是鄰近校園掀起不小的討論度。

——接下來，就得看夏冬青怎麼打下一手牌了。

尤亞滿臉認真地滑動校刊網頁，逐一檢視「櫻樹下的幽靈」的各個子版頁面與留言版，希望能從中找到一點有用的情報。

「尤亞同學、尤亞同學？」

熟悉的呼喚聲傳入耳中，坐在後方的李靜也拚命拿筆尖猛戳她肩膀，這才讓尤亞回過神。

「尤亞同學，能請妳回答第二十題的選擇題嗎？」綁著小馬尾的年輕教師抽動嘴角，拍拍手上的考卷。

除了講臺上的男老師外，全班數十位同學也齊齊回過頭，將目光集中在尤亞身上。

「呃，這個……那個……」尤亞猶豫了一下，接著滿懷自信地抬起頭。

「答案是A！」

「……就這樣？」年輕男老師挑起眉毛。

「就是這樣。」尤亞豎起拇指。

「尤亞同學。」

「您請說？」

「第二十題，是複選題。」

尤亞頰邊滑下一滴冷汗。

「那那那那種小事就別介意了吧！」

「我也不介意讓妳的期末成績扣點分。」年輕男老師微笑著攤開筆記本，讓尤亞觸電般地跳了起來。

最後在尤亞拋棄尊嚴地軟磨硬求下，處罰僅以加寫作業收場。這一幕映入平時總是處於補眠狀態的夏冬青眼簾，旁觀半晌後，他默默別過視線。

大方放在桌面上的手機，顯示茗川校刊的官網首頁。

新聞社一如他的要求，文章中對田貴仁老師隻字未提，甚至還機靈地把這起事件與茗川悠久的校史作連結。乍看之下，幾乎脫出和真實人事物有所掛鉤的範疇，成為完完全全的都市傳說。

「這樣應該就行了。」

夏冬青閉上雙眼，由唇瓣間落下的喃喃細語，融化在映照著金色陽光的桌面上。

◆

時間很快來到下午，收到夏冬青「最後一節課開始前到校門口集合」訊息的尤亞，快步穿過校園，朝校門的方向進發。

距離上課鐘響大約還有五分鐘，如果快跑回去的話應該還趕得上課堂。看了看手機，尤亞放心來到獨自佇立在校門旁的夏冬青身邊。

「阿青，久等了！我們現在要做什麼？」

「去驗收成果。」夏冬青比了比校門，淡淡表示。

「驗收成果？」

「嗯，先別問，安靜跟著。」

「該不會要翹課帶我去約會吧？阿青真壞。」尤亞賊笑著，用手肘頂頂夏冬青側腹。

「妳的話，下輩子吧。」

「好過分?!」

兩人一面碎嘴，一面朝校門口的警衛室走去。

「別說話。」路過警衛室窗口前，夏冬青簡短叮囑。

原本悠哉看著電視的警衛阿伯，一注意到有學生經過，立刻警覺地直起身。

「同學，有事外出嗎？」

「出公差，有掃具和垃圾桶放在人行道那邊忘了收。」夏冬青面不改色地從口袋裡抽出一張紙，透過窗口遞了過去。

「唔唔。」有些年紀的警衛阿伯戴起眼鏡，仔細檢查公差單的內容。

「你們等一下，我打電話去辦公室確認。」

接著就是一陣向某位老師問好、確認公差內容的對話。

當尤亞滿臉「糟糕要露餡了」地狂冒冷汗時，警衛阿伯普通地掛上話筒，對兩人點點頭。

「可以了，要趕快回來嘿。」

「好。」夏冬青點點頭，順手推了尤亞一把，才讓她反應過來。

走出校門一段距離後，尤亞一把扯住夏冬青的衣角，小聲問道，「阿青，你是怎麼偽造外出單跟老師證明的啊？」

「怎麼可能偽造，那些都是真的。」夏冬青淡淡回答，「只要把掃具和垃圾桶預先留在外面，然後自願出公差就好。」

「居然?!」尤亞張大嘴巴，對夏冬青的精準布署感到毛骨悚然。

「也沒什麼了不起的，這種伎倆只能用一次而已。」

「不不不，一般人不會想到這種作法吧？」看著夏冬青平淡的模樣，尤亞忍不住反駁。

在男孩帶領下，兩人離開校園外緣，朝操場後方的住宅區前進。

「阿青，我們要去哪裡啊？」發現行走的方向逐漸偏離茗川高中，尤亞不禁問道。

「快到了。」夏冬青橫了她一眼，以眼神表示「我懶得解釋，先別問」。

又走了一小段，周遭的景色已經從校園外圍的人行道，轉為住宅區林立的老舊建築。

尤亞稍稍加快腳步，趕到夏冬青身邊。

「已經是上課時間了哦？阿青，我們真的要翹課啊？」

「嗯，但沒有約會行程，請放心。」

「欸——真沒意思。」

尤亞邊走邊左右張望，才發現身邊的街景有種莫名的熟悉感。

「阿青，這裡該不會是……」

「到了。」沒等尤亞問完，夏冬青便逕自停下腳步。

數公尺見方的小片空間出現在狹長巷弄盡頭，分隔校園與住宅區的鐵絲網及緊密排列的半廢棄街屋，將這一小塊土地徹底圍繞住，營造出一股與世隔絕的氣息。

那棵傳說中的櫻樹，依舊孤零零地坐落在空地一側。越過枝椏間的縫隙，能清楚看到動物救援社與緊鄰的體育器材倉庫。

時隔數日，兩人再度回到「櫻樹下的幽靈」的事發現場，意識到這件事的尤亞，立刻反射性地按住裙子下襬，往夏冬青身邊後退一步。

「不、不會騎上去的哦？我還沒減肥，所以如果還要做實驗……」

「別鬧了。」夏冬青白了她一眼，往環繞空地的半廢棄街屋走去。

莫名碰了個大釘子的尤亞，只好滿臉委屈地跟在男孩身後，來到其中一棟街屋門前，或者該說……曾經是門的地方。

眼前的老舊水泥建築屋況相當糟，安裝在出入口的門板與紗門淒涼地歪斜著，只剩下一、兩個卡榫還勉強掛在門軸上。從大開的門縫間望去，能看到屋內滿是碎玻璃與木板，完全不像有人使用的樣子。

「我們要進去嗎？」尤亞看著側身穿過門縫、走入屋內的夏冬青，緊張地問道。

「嗯，小心不要撞到東西。」夏冬青低聲叮囑。

「怎麼這麼突然……？」尤亞捏住鼻子，抵擋撲面而來的霉味。

上次調查的時候，兩人確實有在這幾間半廢棄街屋外張望過幾眼，但沒有發現任何異狀。尤亞實在想不到有什麼理由，能讓那個總是嫌麻煩的夏冬青不惜翹課也要帶自己來這裡。

「先別問，我待會再解釋。」

「也是啦，反正阿青每次都懶得解釋……咦？」剛鑽入屋內、小心翼翼跨過一地碎玻璃的尤亞，突然察覺男孩的措辭與平常有著微妙的不同。

「你說……待會再解釋？」

「對，動作快，我們得上樓。」夏冬青在染滿汙痕的樓梯旁回過頭，才發現尤亞還呆立在原地沒有跟上。

「怎麼了嗎？巧克力螺旋捲。」

「你……你不是阿青吧？」尤亞掩住嘴唇，雙腿微微顫抖，「我認識的阿青，才不會說什麼『待會再解釋』，只會說『別問，我懶得解釋』……」

夏冬青半睜著眼，一時不知道該如何回答。

「我知道了，其實你是某種能偽裝成人形的怪物！打算裝成阿青的樣子來騙我對不對？我不會上當的！」尤亞在身前交錯雙臂，擺出防禦的姿勢，「現形吧！妖孽！吾乃驅魔神探尤亞……」

夏冬青默默走到尤亞身側，舉手往她後頸一斬，讓茗川的驅魔神探發出「噗咳」的漏氣聲，接著俐落扶住差點失去平衡的女孩，讓她重新站直。

「閉嘴，跟上。」夏冬青的雙眼一片幽暗。

「是……」

結束這段小插曲，尤亞總算在夏冬青的帶領下來到二樓。和一樓破敗的屋況不同，街屋二樓顯得整潔許多，除了散放在角落的紙箱有些惹眼外，整層樓空蕩蕩的，甚至連灰塵也沒積多少。

陽光從半開的木窗透入，在牆壁、樓板上投下明亮的光暈。尤亞四處張望了一陣，卻還是想不出夏冬青帶自己來的原因。

「阿青，差不多也該解釋……」才剛回過頭，她就發現夏冬青正拖動著一片攤開的紙箱，將它鋪在角落的地板上。

「等等等等等阿青！」

「怎麼了？」夏冬青抬頭露出疑惑的眼神。

「難難難難道說我我們要在這裡……那個?!」

「……聽不懂妳在說什麼。」沒察覺到尤亞的思想正全力往糟糕的方向狂飆，夏冬青彎下身，就著鋪開的紙箱席地而坐。

「雖然對象是阿青的話也不是不可以，但第一次就在這種地方，果然還是太刺激……」

「妳也坐吧，巧克力螺旋捲。」夏冬青拍拍攤開的紙箱，示意她坐下。

「臣……臣妾知道了。」

在男孩略顯強硬的態度下，尤亞掩住通紅的臉頰，悄悄落坐在夏冬青身邊。

「巧克力螺旋捲。」

「是。」

「可能要等一段時間，我先睡一下，如果有聽到什麼動靜就叫醒我。」

「咦？」尤亞不敢置信地回過頭，「你要先睡？那我們來這裡幹嘛？」

「當然是為了解決『櫻樹下的幽靈』事件，不然還能幹嘛？」

「啊……」

這句反問讓尤亞瞬間汗如雨下，心虛地別開視線。

「也也也是哦！嗯！我剛剛就在想會不會是這樣，絕對沒有什麼奇怪的意圖哦！」

「妳到底在說什麼……」夏冬青嘆了口氣，沒有繼續深究下去，「要不要坐著隨便妳，但接下來的一個小時，盡量別發出任何噪音，也不要從窗戶探頭出去。」

「窗戶怎麼樣了嗎？」被這麼一說，尤亞反而好奇了起來。她稍稍挺起身，往窗子的方向望了一眼。

她才發現這扇二樓唯一的窗戶恰巧正對著空地中央的櫻樹，以及動物救援社和體育器材倉庫的大門。從半掩的窗縫看出去，便能將樓下的景色盡收眼底。

「待會再解釋。」夏冬青拉住她的手，讓女孩重新坐回身邊，「現在盡量別出聲，也別發出太大的動靜。」

「像捉迷藏一樣嗎？」

「嗯，差不多意思。」夏冬青光速放棄解釋，他環抱住一邊膝蓋，將額頭靠在手臂上。

「那……要保持這樣到什麼時候？」尤亞也跟著抱住雙膝，小聲問道。

「一個小時左右。」夏冬青半閉著眼，語音漸弱，「一個小時之後，就會知道結果……」

「欸？要這麼久哦？」

尤亞正想抱怨，夏冬青就發出規律的鼻息。

「阿青？」尤亞歪頭窺探男孩的臉龐，才發現他已經閉上雙眼，安然入睡。

「這樣也能睡？會不會太誇張了啊……」

少了夏冬青的聲音，街屋二樓一下子安靜下來。就連尤亞挪動腳跟、重新調整坐姿的聲音，以及窗外的鳥叫都清晰可聞。

趁著這段無人打擾的空檔，尤亞重新整理思緒，把目前得到的線索羅列在手機記事本上，打算來個驅魔神探尤亞版本的快速推理。

她的想法很簡單，既然夏冬青能進展到接近解決事件的地步，那就代表檯面上的線索已經足夠，只要重新釐清事件脈絡，應該就能拼湊出大致的結論。

「真相永遠只有一個！」尤亞推了推不存在的眼鏡，努力振作精神。

女孩的指尖在虛擬鍵盤上不斷飛旋，一個個字詞被鍵入記事本。

「沐荻悠學姐的幽靈」「現身次數：2」「兩次都在離開動物救援社時出現」「指著田貴仁老師的背影」「社辦外的櫻樹，似乎不是真正的案發地點」「沐荻悠和田老師的地下戀情」「田家的政治聯姻」「不為人知的和平分手」。

以上被尤亞分類在「已知」區。

至於「翹課跑來空地旁的半廢棄街屋」「二樓異常乾淨」「必須等一個小時才能知道結果」「不能發出聲音」「從窗外望去可以看到櫻樹和社辦大門」，則被分在「阿青到底在想什麼」區。

這些就是尤亞一時能想到的所有資訊。理論上只要綜合以上情報，應該就能得出和夏冬青相近的結論。

——那麼，光憑這些是怎麼接近真相的呢？

尤亞咬緊嘴唇，一遍一遍重新閱讀記事本上的文字。

沒過五分鐘，她就靠在夏冬青肩膀上睡著了。

The New York
Coronavirus and the fear of recession
York Times

第 5 章

櫻樹下的幽靈（五）

不知道過了多久，尤亞被一陣搖晃弄醒。才剛睜開眼，她的嘴唇就被一把摀住。

「嗚?!」

徹底睡昏頭的尤亞，被突然其來的動作嚇了一大跳。正想掙扎，才發現夏冬青對自己比出噤聲的手勢。

和剛抵達時相比，由二樓窗戶透入的光線變得暗淡許多，顯示現在已經接近傍晚時分。不遠處的茗川校園仍一片寂靜，多半還沒到放學時間，只是冬季天色暗得特別快，才讓人產生時間已經不早了的錯覺。

街屋內部依舊靜悄悄的，因此能清楚聽見有道細碎的聲響，正沿著一樓樓板往階梯的方向移動。

那是皮鞋鞋跟踩過玻璃碎片的聲音——尤亞慢了一拍才反應過來。有某個人……或是『某物』，朝兩人藏身的街屋二樓靠近。

意識到這件事後，尤亞整個人都毛了起來。她緊緊抓住夏冬青的袖口，眼神大大動搖。

反觀夏冬青倒是相當冷靜。他輕輕撥開尤亞的手，示意她別動，接著迅速站起身，雙眼牢牢盯住樓梯口。

不知名的腳步聲緩緩穿過一樓、爬上樓梯，隨著鞋跟與階梯摩擦的輕響愈來愈近，尤亞的心跳也逐漸加快。

來的人究竟是誰？又或者說，爬上樓梯的『那個東西』……是什麼？

在兩人屏息注視下，一道身穿茗川高中制服的人影出現在樓梯口。

「欸？咦？」尤亞睜大眼，一時說不出半句話。

柔順的黑色秀髮、冰玉般的白皙肌膚，以及隨時都帶著笑意的雙眼，那張曾在尤亞腦海中浮現無數次的臉龐、那副曾在夕陽下閃耀的身姿，「櫻樹下的幽靈」——沐荻悠，理應在一年前就離開人世的女孩，此刻近在眼前。

即便沒有晚霞和櫻樹的襯托，沐荻悠身上洋溢的空靈氣息，仍然令尤亞無法移開視線，深怕一眨眼她就會融化在空氣中。

不過很快的，疑問、驚訝，還有隱約的異樣感就在她心中迅速蕩漾，將重逢的興奮之情徹底掩蓋。

「為什麼……？」

無數疑點凝聚在一起，化為問句從尤亞的唇邊滾落。

「沐荻悠」看向尤亞，再看了看夏冬青，在街屋二樓等著的兩位不速之客，似乎讓她頗感驚訝。

沉默數秒，「沐荻悠」才展開淺淺笑容。

趕在對方有所反應前，夏冬青迅速踏出腳步，與「沐荻悠」拉近到一個箭步就能觸碰到的距離，不讓她有任何逃跑的機會。

在昏暗的光線掩映下，夏冬青雙眼燃起明亮的火光，與平常滿是睡意的模樣大相逕庭。

那是「直視真相」的眼神。

「櫻樹下的幽靈……不，應該說『沐荻伶小姐』，很高興見到妳。」

如銀鈴般響徹空間的陌生名字，令尤亞微微睜大眼。

和沐荻悠僅僅相差一個字，卻代表完全不同的意思。這就是人名所蘊含的重量，同時也意味著眼前的女孩，與一年前離世的「沐荻悠」並不是同一個人。

被事實深深震撼的尤亞，思緒陷入嚴重的停頓。

與夏冬青四目相對數秒，被稱作「沐荻伶」的女孩，伴隨著嘆息露出無奈的笑容。

「怎麼發現的？」

「只是簡單的邏輯推理而已。」夏冬青淡然回答。

「欸欸欸欸等等！」尤亞忍不住跳了起來，來回看著交換心照不宣眼神的夏冬青和沐荻伶。

「阿青，這是什麼意思？她的名字……」

「抱歉，巧克力螺旋捲，一直沒跟妳詳細說明。」夏冬青側身，舉手向尤亞介紹，「這位就是曾跟妳見過兩次面的『幽靈』本人，沐荻悠的妹妹——沐荻伶。」

「欸？」尤亞一臉呆滯，遲遲沒能反應過來。

「妳好。」沐荻伶的笑容透出歉疚之意，「是叫尤亞對吧？對不起，最後居然是用這種方式見面。」

「欸？這、這到底是怎麼回事？」尤亞雙眼混亂地直打轉，幾乎連站都站不穩。

「冷靜點，接下來正要開始說明。」夏冬青伸出手，像扶老太太過馬路般支撐住尤亞搖搖欲墜的身軀，接著斜過眼神，牢牢盯住佇立在樓梯口的長髮女孩。

「前提是這位沐荻伶小姐不會逃跑的話。」

「我不會逃的哦。」沐荻伶輕聲說道，「既然都被揭穿了，就算逃跑也沒有用。」

「妳明白就好……」

「不過，能先讓我問個問題嗎？」趕在夏冬青繼續說下去之前，沐荻伶率先開口，「你是誰？為什麼要插手管這件事？」

「夏冬青，茗川高中一年級生。」夏冬青也不拐彎抹角，坦蕩地直球回擊，「說實話，要不是這傢伙哭著拜託我，我也懶得插手。」

「等等阿青！我沒有哭著拜託吧？沒有吧?!」原本還目不轉睛盯著沐荻伶看的尤亞，忍不住大聲抗議，卻被夏冬青華麗地無視。

「夏冬青嗎……我記住了。」沐荻伶勾起一抹淺笑，舉步來到街屋二樓的窗口旁。

晚風從半掩的窗縫間吹入，讓女孩的長髮與夏季制服裙襬微微揚起。眺望窗外的景色好一會兒，沐荻伶才回過頭來。

道。

「我懂了，那篇最新的『櫻樹下的幽靈』系列報導，就是你主導的對吧？」

「嗯。」面對詢問，夏冬青爽快地點頭承認。

「我自認計畫得很完備，是哪裡露出破綻了嗎？」沐荻伶偏過頭，以試探的語氣問道。

夏冬青瞥了眼使勁鼓起臉頰的尤亞，對斜倚窗邊的沐荻伶搖搖頭。

「我從頭開始說明好了，以免有人跟不上話題。」

「為什麼我有種被當成笨蛋的感覺？」

「首先，這起事件的起因，得從巧克力螺旋捲在櫻樹下遇到幽靈說起。」沒有理會尤亞敏銳的質疑，夏冬青自顧自地說了下去。

「本來這種事情用『靈異事件』帶過也無可厚非。但如果真是那樣，我們就沒有著手的餘地，所以必須從一開始就排除那種可能性。」

聽到這邊，尤亞一瞬間想起夏冬青曾對詩晴提起「如果真是靈異事件，應該去找驅魔師」，以及詢問自己「這個世界上真的有幽靈嗎」的事情。

就算納入考量也無法解決，所以優先排除——這是相當實際的做法，也是簡單的邏輯理論。

「如果不是鬼怪作祟，就只剩下兩種可能性。」夏冬青豎起兩根手指，雙眼中的明亮火光冉冉而動。

「第一種，幽靈的目擊者患有精神障礙。所謂『死去學姐的亡靈』，只存在於她的想像中，但這個可能性後來被排除了。」

「咦？原來我曾經差點被當成神經病嗎？」

「之所以排除第一種可能性，是因為這起事件中，隱藏著某種曖昧不清的『意圖』。這是幻象無法做到的。」夏冬青一把按住湊過來想追究「怎麼可以把人家當成神經病」的尤亞前額，面不改色地繼續說道，「第二種可能，就是有人偽裝成沐荻悠學姐的模樣，在背後裝神弄鬼了。」

靜靜聽到這裡的沐荻伶，不禁長吁一口氣。

「原來如此。」

「不過要驗證這個猜測，還是得做些調查。所以我請巧克力螺旋捲……也就是這傢伙，帶我去幽靈事件發生的現場看看。」輕拍尤亞的肩膀，夏冬青淡然說道，「如果現場有監視攝影機之類的設備，事情就會簡單很多。但仔細找了一圈之後並沒有發現類似的東西。這麼一來，想得到線索，就只能用比較原始的手段了。」

「啊！難道阿青你那時候又是爬牆又是把我掛到樹上……」想起幾天前的慘劇，尤亞終於恍然大悟。

「我那時想確認的，就是『幽靈是否為人類假扮』這點。」夏冬青瞥眼望向樓下的小片空地。

「如果能找到鞋印、指痕之類的物理性證據當然最好，只不過那棵櫻樹下的土壤比想像中還硬，就算一腳踏上去也不會留下任何痕跡，所以光用普通的蒐證法是行不通的。」

夏冬青靜靜往窗外望去，讓種有櫻花樹的空地映入眼簾。

「到了現場，我才發現那棵櫻樹比想像中要小得多，不太像是能承受一個人重量的樣子，這就很奇怪了。」

沒有馬上明說哪裡奇怪，夏冬青轉而朝尤亞拋出話頭。

「巧克力螺旋捲，妳的體重幾公斤？」

「一、一定要在這時候問嗎……」尤亞掩住臉，小聲回答，「大概四十四、四十五吧。」

「以這個年紀的女孩子來說，算是平均水準的數字。」把一臉羞恥、陷入消沉狀態的尤亞扔在一邊，夏冬青自顧自地說下去。

「我們做了實驗，把巧克力螺旋捲掛到樹上看看會有什麼結果。一個人掛上去，短短時間內那棵櫻樹就已經快承受不住了。事實證明，沐荻悠學姐自殺的地點並不在這裡。」

夏冬青的推導過程簡潔有力，僅靠著刪去法就把調查範圍一口氣縮小，這讓尤亞第一次感受到新聞社社長將他稱為「那個夏冬青」，並對他抱有高度興趣的原因。

雙眼燃起熊熊火光的男孩，和平常那副隨時會睡著的模樣簡直判若兩人。

「本來『幽靈出現在離世地點』是天經地義的事情，但套用在這邊，不免讓人覺得可疑。」夏冬青豎起食指，肅容說道。

「妳們想想看，身為茗川高中校方，如果有學生在校地範圍內的樹上上吊自殺，為了避免引起更大的騷動，會怎麼做？」

「盡可能把消息壓下來，然後暗中把那棵樹處理掉。」沐荻伶輕聲開口。

「沒錯，這就是『櫻樹下的幽靈』存在的疑點。『過世的學姐出現在當年自殺的樹下』，這件事本來就很奇怪，按照正常校方的做法，肯定會盡速把事發的那棵櫻樹砍伐掉，而非放著讓自殺的傳聞漸漸發酵。」

聽到怪談就圍上去湊熱鬧、只要有能作為談資的話題就緊咬不放，這是正值青春期、渴望新鮮感的學子們會有的特性。

為了避免傷害進一步擴大，校方往往會光速澆熄事件的餘燼，不讓不知輕重的學生們以此作文章。

所以「幽靈出現在樹下」，才成為夏冬青最先懷疑的一點。

「『出現幽靈的那棵櫻樹，並非當年自殺事件的案發地點』。我們做的樹枝承重實驗，基本印證了這個假設。」夏冬青冷靜分析道。

「接下來，令人在意的就變成『為什麼是這棵櫻樹』了。茗川高中周圍種的櫻樹可不只一棵，就算把範圍縮小到『校園後方』，選擇也不少，為什麼偏偏出現在那棵樹下呢？」

尤亞吞了吞口水。作為事件的唯一目擊者，她從頭到尾都沒對這點提出疑問，現在看來實在不太應該。

「要用巧合來帶過實在有點牽強，畢竟那位幽靈小姐的行動中，確實帶有某種意圖。」夏冬青伸出手，靜靜指著駐足窗邊的沐荻伶。

「巧克力螺旋捲哭著來拜託我的時候，已經在同一個地方遇見兩次幽靈。第一次和她交換名字，第二次則把另一個人牽扯進來。」

也就是茗川的教師——田貴仁。

遙遙指向老師背影的沐荻悠亡靈，與夏冬青此時筆直伸出食指的動作隱隱相合。

「田貴仁老師，就是某人引發幽靈事件的『意圖』。」男孩雙眼閃耀著洞察一切的光芒。

「巧克力螺旋捲，妳還記得那片空地周圍有什麼嗎？」

「呃……」尤亞努力挖掘記憶深處。

「有……櫻樹？」

「還有呢？」

「隔著鐵絲網可以看到動物救援社和體育器材倉庫。嗯……還有這排街屋？」

「沒錯。」夏冬青點點頭，向尤亞露出肯定的眼神。

「不知道妳還記不記得，田貴仁老師因為資歷尚淺，目前主要負責管理體育器材。那麼，要見到他最簡單的方法……」

「啊！是體育器材倉庫！」尤亞立刻反應過來，轉身直奔窗邊。

從半開的窗戶望出去，能清楚看到櫻樹、體育器材倉庫與動物救援社的大門。

「這就是幽靈必須出現在那棵櫻樹下的主要原因。那裡不但能與體育器材倉庫及動物救援社的出入動線重疊，鐵絲網也阻絕了被近距離接觸的可能性。」夏冬青簡短總結，「簡單來說，巧克力螺旋捲，妳打從一開始就被設為目標了。」

「設為……什麼目標？」尤亞回頭，眼神微微動搖。

「傳話的目標。」夏冬青放下手，語氣平穩到令人發毛。

沐荻伶默不作聲地別過目光。

「巧克力螺旋捲，雖然身為一年級的我們不清楚，但『沐荻悠』這個名字，在二、三年級的學長姐之間可是非常有名的。只要稍微打聽一下，要得知那起自殺事件並不難。」夏冬青平淡地述說令人心頭一緊的事實。

「『自殺而死的幽靈指著某人』，目睹這個現象後，一般人會怎麼想？」

「那個被指著的人……和死者自殺的原因有關？」尤亞隱約明白了某件事情。

「嗯，妳說的沒錯。」夏冬青輕輕頷首。

「無論如何，目擊幽靈的人都會被引導到這個方向。尤其沐荻悠學姐生前又是新聞社社員，只要在打聽人名的過程中，有一點點消息洩漏到他們那邊，就會被拿來大做文章，田老師和那起事件有關的傳聞，自然也會不脛而走。」

——而擔任傳聲筒角色的人，就是妳，巧克力螺旋捲。

夏冬青以眼神向尤亞傳達這樣的訊息。

「動物救援社的社辦剛好在旁邊，妳的出沒時間又和田老師很接近，還經常一個人進行活動。做為幽靈事件的目擊者，可說是再適合不過了。」

「可是……阿青。」尤亞舉手提出質疑，「『假扮幽靈的人』要怎麼確定我真的會去調查這個名字呢？而且，萬一我之前就見過沐荻悠學姐，這種程度的偽裝很容易穿幫吧？」

「不會穿幫的。因為只要看過一眼，就能知道妳是一年級的學生了。」夏冬青扯了扯身上的制服，藍色的學號在襯衫胸口微微晃動。

「對了，學號的顏色……」尤亞趕緊低下頭確認。

茗川高中的學號按照年級分別是黃、紅、藍三種顏色，依次輪替。尤亞他們這屆正好是藍色，只要是稍微了解校情的人，就能輕易分辨出來。

「至於能不能讓妳跑去查這個名字……一般來說，只要適度的誘導就很容易做到。我猜所謂的『幽靈』原本是打算多和妳接觸幾次之後，再慢慢往那個方向引導的。」夏冬青淡淡說著，向沐荻伶投以確認的視線，後者則回以不置可否的淺笑。

「結果妳比預想中還積極許多，讓事情進展得很順利，幽靈現身的次數多半因此大大縮減了。做的好，巧克力螺旋捲。」

「欸嘿嘿。」尤亞才剛露出傻笑，就立刻察覺到不對勁。

「不對啊，阿青，就算真的借我之口把謠言散布出去，也沒辦法保證一定會對田老師造成什麼影響吧？」

事實上，新聞社最初就發布了田貴仁和幽靈事件有關的臆測文章，也確實在學生間引起不小的討論度。但光憑這種程度的傳聞，要對特定對象造成影響還是稍嫌勉強了些。

「不，散布謠言並不是最終目的。」夏冬青搖搖頭，再度望向一語不發的沐荻伶。

「這些鋪陳都是為了『引出某個知情的人』，我沒說錯吧？」

沐荻伶露出充滿透明感的笑容，上下打量著夏冬青。

「能單靠推理就猜到這個地步，你真的很厲害呢，夏冬青。」

「只是運氣好而已。」夏冬青淡淡回答。

「什麼意思？引出某個知情的人？對什麼事知情？」尤亞來回看著交會視線的夏冬青和沐荻悠，有些摸不著頭緒。

「除了田貴仁老師外，還有一個人與沐荻悠學姐有著緊密的關係。」夏冬青沒有馬上說破答案，而是穩穩引導著話題的方向。

「妳想想看，沐荻悠學姐生前是新聞社的社員，如果要打聽消息，肯定會找到新聞社那邊去。然後在現任社員的印象中，沐荻悠學姐一直以來都只和一個人說話。」

「莫非是……詩晴學姐？」

面對尤亞的反問，夏冬青無聲點頭。

「她就是負責讓謠言昇華為事實的『知情者』。再怎麼守口如瓶的人，一旦得知故友的幽靈現身在校園中，肯定也會坐不住的，更別提這個『故友的幽靈』現身時還遠遠指向生前的關係者了。」

夏冬青說著，將手掌放上胸口。

「我們就是用來撬開詩晴學姐嘴巴的工具。至於她對哪件事知情……不用我說妳應該也知道吧？」

——沐荻悠和田貴仁的地下戀情。

尤亞倒吸了口氣，望向沐荻伶的眼神多了一絲膽寒。

要完成這樣的計畫，除了對人性要有充分的了解外，還必須擁有無比深沉的思維才行。不說別的，光是要偽裝逝者、欺騙生者，就必須背棄無數倫理常識才能辦到。

這樣的作風，與沐荻伶花漾少女的外貌完全不相稱。

「曝光沐荻悠學姐和田貴仁老師的戀情，藉此摧毀田老師的教師生涯、甚至讓他遭受問罪，這就是隱藏在幽靈事件背後的真正『意圖』。」夏冬青毫不保留地直指核心。

「確認這一點之後，要把剩下的線索拼湊起來就很簡單了。首先，為了觀察巧克力螺旋捲和田老師的動向，有個能俯視這一帶的藏身處是必須的。但我檢查過了，櫻樹周圍沒有監視錄影設備，所以想知道社辦和倉庫的出入情況，就必須用肉眼確認。」

尤亞「啊」地抬起頭。

「阿青你指的是……這棟街屋的二樓嗎？」

「嗯，第一次來這邊的時候我就稍微檢查過了。附近除了這排街屋以外，沒有其他比較不引人注目的藏身處，正對校園的街屋當中，也只有一扇對外窗沒有被木板封死。」夏冬青意有所指地瞄了眼半掩的窗戶。

「所以我趁巧克力螺旋捲在進行社團活動時，一個人來這棟街屋做了調查。」

「難道說……我在這裡留下什麼線索了嗎？」沐荻伶平靜地開口，望向夏冬青的目光隱隱帶有挑戰的含意。

「不，什麼也沒留下。」夏冬青搖搖頭。

「就因為什麼也沒留下，才顯得可疑。」

「什麼意思？」沐荻伶悄聲問道。

尤亞縮起肩膀，逐漸瀰漫在室內的緊繃氣息令她有些不安。

「明明廢棄到這種程度，這棟街屋的地板卻幾乎沒有灰塵，不覺得奇怪嗎？」夏冬青踢踢地面，異常乾淨的樓板在皮鞋踩踏下發出輕響。

「從屋況來判斷，這棟街屋應該已經很久沒人居住了才對。那麼，為什麼有人要特地打掃這個無人管理的空間呢？」

「為了消除腳印……之類的？」尤亞鼓起勇氣猜測。

「準確來說，是為了消除有人出入的痕跡。包括推門、挪動物品等動作，都很容易揚起積在地上的灰塵，多半是考慮到這點才把屋子清乾淨的吧。」夏冬青用指尖抵住額頭，低聲說道。

「按照這個邏輯推斷，一樓的碎玻璃應該也是後來才撒上去的，為的就是不讓人產生『這間屋子有在使用』的想法。」

「原、原來是這樣……所以阿青才會選擇在這裡盯梢嗎？」尤亞仔細想想，才想起和詩晴學姐見面前，夏冬青有說過自己在等待她結束社團活動時去辦了點事，想必就是對這棟街屋進行調查吧。

「先是選定地點，提前在街屋盯梢，觀察兩個目標的日常動向，接著偽裝成沐荻悠學姐的樣子接近巧克力螺旋捲。在一次次接觸中，誘導她去散布『沐荻悠的幽靈出現在櫻樹下』的謠言，藉此讓消息傳到詩晴學姐耳中。無法坐視不管的她，自然會出面揭發田老師與學姐的關係，讓田老師職涯、名聲盡毀。」夏冬青緩緩沿著房間周圍踱步，眼神緊盯沐荻伶不放。

「之所以要這樣大繞圈子地揭發事實，是害怕被追究責任吧？」

「這還真是……」沐荻伶掩住唇，眼角透出無奈的笑意。「居然連這點都看出來了嗎？」

「田家好歹也是頗具勢力的地方望族，像這樣搞到他們家公子頭上，要全身而退可不容易。更別提曾和學生交往的事情被揭露，難得促成的聯姻很可能告吹，一旦牽涉到兩個家族，這件事就很難有個善果了。」既然得到當事人的肯定，夏冬青便順勢說了下去。

「不過，如果消息的源頭來自『幽靈』，就沒有追究的意義，綜觀來看的確是攻守兼備的一手棋。只可惜這麼做，有個致命的破綻。」

沐荻伶始終波瀾不驚的唇角，終於有了一絲牽動。

「這是什麼意思？」

「沒有採取直接的做法、大繞圈子的結果，就是得用同樣大繞圈子的方式來確認成效。」夏冬青偏頭，向尤亞拋出視線。

「巧克力螺旋捲，在上述推理成立的前提下，妳認為『幽靈』是用什麼方法確認謠言散布的程度？」

「呃，問我嗎？」突然被點到名的尤亞愣了愣。在兩雙眼睛注視下，只得絞盡腦汁開始思考。

「該不會是……茗川高中的校刊？」

「是校刊的網頁版。」針對尤亞的答案，夏冬青做出些許修正。

「既然要偽裝成已逝之人，就不能冒著被認出來的風險，大肆在學校周遭探聽消息。這時候茗川高中的新聞社，就成為最值得信賴的資訊來源了。」

「哦哦，我懂了！所以阿青你才拜託新聞社刊出那種文章……」想起今早在校刊官網上盛大刊出的系列文章，尤亞才恍然大悟。

充滿臆測且誇大的報導，讓「櫻樹下的幽靈」事件從帶有影射含意的怪談，轉而朝「尼斯湖水怪」「裂嘴女」那樣的都市傳說方向直直前進。

在這樣的渲染下，恐怕再也不會有人會把目光放在田貴仁老師身上。使他身敗名裂的計畫，也將宣告失敗。

「為了挽回困境，『幽靈』理所當然得再現身一次，把怪談的內容導正才行。」熊熊火光在夏冬青眼中燃燒。

「這時候只要提前到幽靈一貫的藏身地點等待，就能守株待兔，確實捕抓到幕後策畫者。」

「所以才挑最後一節課上課前帶我來這裡等嗎？」尤亞扶住額角，夏冬青那機關用盡的思考模式讓她腦袋發疼。

「如果我今天沒出現呢？你會怎麼做？」沐荻伶頗感興趣地問道。

「那也無所謂，只要盯緊巧克力螺旋捲就好。」夏冬青表情平淡地聳聳肩，似乎對這次盯梢的結果毫不在意。「雖然那道鐵絲圍籬阻絕了校內師生和幽靈接觸的機會，但只要掌握出現的規律，要逮住冒牌貨的機會要多少有多少。」

「既然如此，為什麼要特地挑文章發布的第一天來盯梢呢？」沐荻伶目不轉睛地望著夏冬青，「要揭穿我的話，明明有其他更簡單直接的方法不是嗎？」

「因為我認為來的人會是妳。」夏冬青閉上雙眼直接了當地回答。「雖然詩晴學姐也是『幽靈』的潛在人選，但和她談過之後，學姐的嫌疑就被排除了。」

「……什麼意思？」沐荻伶皺起眉頭，尤亞更是歪頭歪到脖子都快斷掉了。

夏冬青嘆了口氣，重新睜開雙眼，一口氣說了這麼多話，他的目光總算浮現熟悉的倦意。

「這麼說吧，如果『幽靈是某人假扮』的假設沒錯，那麼這個人的目的，就是透過散布謠言摧毀田老師的婚姻和職涯。換句話說，這個人是知道沐荻悠學姐和老師的關係的。」

「嗯嗯。」尤亞連連點頭，這種程度的邏輯她還聽得懂。

「除去田老師之外，知道這段師生戀經過的人，就是詩晴學姐了。原本我把她設為頭號嫌疑人，但在詳談過後這個可能性就被排除了，原因有兩個。」夏冬青豎起兩根手指，接著依次放下。

「第一，如果她想藉著這次事件中傷田老師，在和我們談話時，應該就會盡可能把話題帶往這個方向，但詩晴學姐沒有這麼做。第二，我發現『幽靈』和詩晴學姐之間存在關鍵的資訊差，這個資訊差足以顛覆學姐作為嫌疑人的所有推論。」

「關鍵的資訊差？」

夏冬青向提問的尤亞點點頭，繼續說下去。

「要偽裝成沐荻悠學姐，就必須盡可能重現她的外觀特徵。包括身高、打扮，還有五官神韻等等，至少得做到讓目擊者形容幽靈外貌時，不至於和大家記憶中的沐荻悠學姐相差太多。這點若不是學姐的至親之人絕對做不到。」

顯眼的夏季制服、烏黑長髮與白皙的肌膚、以女性來說算是高挑的身形，還有那對隨時帶著笑意的眼睛。

平心而論，沐荻伶此刻的外貌，和眾人描述的沐荻悠幾乎一模一樣。

「這時候，我想起詩晴學姐曾經提過，沐荻悠學姐有個讀國中的妹妹。考慮到偽裝難度和資訊差，就能用刪去法來確定那個叫做『沐荻伶』的妹妹，就是幕後黑手了。」

夏冬青順理成章地表示。

「正因如此，我才需要一個僻靜的空間。」

「為了什麼？」沐荻伶立刻反問。

「為了和妳當面談談。」夏冬青給出的回答，讓她臉色一沉。

「因為那個致命的資訊差，要是妳繼續一意孤行，就會造成無法挽回的後果。」

「我不懂……你從剛才就一直說的那個資訊差，到底是什麼意思？」沐荻伶緊盯著夏冬青，眼神透出罕有的尖銳。

「這麼問好了，沐荻伶小姐。」夏冬青同樣回以深沉的凝視，沒有絲毫退卻。「妳不惜偽裝成沐荻悠學姐，也要創造『櫻樹下的幽靈』的目的是什麼？」

「那當然……」沐荻伶咬緊嘴唇，逐漸黯淡的夕陽在她臉上投下陰影。

「當然是為了給姐姐報仇。」

「向田老師報仇嗎？」

「不然還會有誰？」沐荻伶一改先前悠然的態度，原先洋溢淺笑的嘴角緊繃著，幾乎要咬出血來。

「利用姐姐的天真，欺騙她的感情，還以教師的身分和學生談戀愛，有夠不知廉恥！」

女孩情緒突然變得激動，讓她苦心營造的透明感大幅下降。比起『沐荻悠的幽靈』，此時的她更接近真實的沐荻伶。

「這些也就算了，明明在和姐姐交往，那個傢伙居然還為了錢和其他女人結婚！真的是人渣中的人渣！不可原諒！」沐荻伶雙眼中滿是恨意，憤恨的字句從她形狀優美的唇瓣間接連吐出。

「姐姐肯定是不甘心，無法接受被當作廢棄物丟棄，才會選擇結束自己的生命！如果沒有遇到那個男人，姐姐現在肯定還健康快樂地活著！」

「荻伶……」感覺到女孩話語背後的悲傷，尤亞擔憂地上前一步，卻被女孩緊接著迸發而出的情感嚇得一僵。

「必須替姐姐報仇。」沐荻伶一字一句森然說道，「必須讓那個男人付出代價，讓他永遠忘不了姐姐的事情。透過捨棄姐姐得來的一切，就由我親手葬送。」

「果然是這樣嗎……」相對明顯有些動搖的尤亞，正面迎接沐荻伶負面情緒的夏冬青始終面不改色。

「所以我才說，這是資訊差的問題。」

「你到底在說什麼……」沐荻伶狠狠咬牙，夏冬青那輕飄飄不著力的態度，讓她打從心底感到煩躁。

「由我來說明可能沒什麼說服力，這邊就讓知道內情的『那個人』來解釋好了。」夏冬青一邊淡淡說著，一邊從口袋抽出手機，發亮的螢幕上顯示「通話中」的圖示。

「可以上來了，詩晴學姐。」

隨著語尾落下，一道細碎的腳步聲悄悄響起，踩著玻璃碎片橫越一樓，緩緩爬上通往二樓的階梯。

在兩名女孩驚訝地注視下，身著裙裝、將長髮紮成馬尾辮的劉詩晴出現在樓梯口。

「好久不見，荻伶，妳長大了呢。」詩晴偏頭，嘴角勾起的笑容略帶苦澀。

「……詩晴姐。」

「那套制服，是荻悠的吧？」毫不閃躲地直視沐荻伶的眼睛，詩晴緊握住掛在手臂上的托特包背帶，緩步來到她面前。

「真讓人懷念，明明才畢業一年，卻好像已經過了很久一樣。」

「妳來這裡做什麼？」沐荻伶低聲問道。面對姐姐的老友，女孩的目光依舊冰冷。

詩晴沒有馬上回答，只是駐足在沐荻伶面前上下打量著她。

「不愧是荻悠的妹妹，留長頭髮、穿上茗川的制服之後，看起來就跟當年的荻悠一模一樣。」

沐荻伶回頭向夏冬青投以疑惑的視線，後者則舉起手，示意她稍安勿躁。

「荻伶，對不起。」詩晴深深低下頭，細長的馬尾辮垂落胸前。「剛才的話，我都聽到了。」

「為什麼要道歉？」沐荻伶緊握雙拳，掐入掌心的指尖隱隱顫抖。

「一直以來，我和荻悠都把妳當成小孩子看待，很多事情沒讓妳知道。」詩晴將手掌交疊在前，黯然俯視地面。

「只是不知不覺間，妳早就長大了，說不定還比當年的我和荻悠更成熟可靠。我卻始終停留在失去荻悠的那一刻，沒能走出來。」

「詩晴姐……」沐荻伶壓下一聲嘆息，雙眼燃燒的強烈情感卻沒有絲毫減弱。

「既然這樣，難道妳不會想替姐姐報仇嗎？」

「不會哦。」詩晴重新直起身，用稍重的語氣再次強調，「一次都沒有這樣想過。」

沐荻伶瞇起雙眼。

「詩晴姐認為我這麼做是錯的嗎？」

「不，」出乎意料的，詩晴搖了搖頭，「我也不認為荻伶是錯的。如果非得要把責任歸咎在誰身上的話……」

詩晴深吸了口氣，將手掌按在自己胸前。

「是我的錯。我想這就是夏冬青同學所說的『資訊差』了。」

「所以說，那到底是什麼意思……」

「荻伶，妳是怎麼知道荻悠在和田老師交往的？」詩晴乾脆地提問。

沐荻伶張了張嘴唇，別開視線。

「我偷看姐姐的手機才知道的。」

「這樣啊……」詩晴頓了頓，隨即露出理解的微笑，「總是不食人間煙火的荻悠，突然變得像普通少女一樣，確實會想知道她是不是發生了什麼事呢。」

「不要誤會哦，我後來有和姐姐好好談過，她才告訴我因為田老師準備結婚的關係，他們已經決定分手了。」一提到這個，沐荻伶的臉色又再度黯淡下來。

「不管怎麼看，那個男人都只是跟姐姐玩玩而已。」

「妳會這樣想很正常。」詩晴喟然而嘆，「我猜這就是夏冬青同學不惜連哄帶騙也堅持要我到場的原因。」

尤亞指著詩晴，向夏冬青投以「你連那種年上美女都能哄」的詫異目光，卻遭到男孩漂亮的無視。

「荻伶，雖然和學生戀愛的田老師確實有不對的地方，但有件事情妳誤會了。」詩晴柔聲說道，「客觀來說，荻悠並沒有被田老師拋棄。」

「……妳說什麼？」沐荻伶皺起眉頭，這個意料之外的資訊，讓她明顯有些動搖。

「有個東西想讓妳看看。」詩晴從隨身攜帶的托特包中，拿出一本夾滿便利貼與紙張的日記本。

尤亞微微睜大眼睛，她認得這本日記。

那是詩晴在咖啡廳面談的最後，放在兩人眼前的東西。

「這是……」沐荻伶狐疑地伸出手接過厚重的日記本。

「這是荻悠配合憂鬱症療程寫的日記。」詩晴靜靜說出的話語，讓沐荻伶渾身一震。

「憂鬱症？姐姐嗎？」

「嗯。」詩晴點點頭，「妳不清楚對吧？因為不想讓妳擔心，所以荻悠始終沒說。」

「怎麼可能……那我爸媽……」

「在荻悠的要求下，所有知情者、包括妳父母和我在內，都沒有洩露過口風。」詩晴緊接著補充，眼神無比堅定，「我也是作為療程的協力者才得知詳情的。」

「協力？關於哪方面？」沐荻伶從因多次翻開而留下無數磨損的封面上抬起視線。

「透過這本日記和荻悠筆談，讓她有個發洩的出口。」詩晴輕輕翻開日記本，書封下的蝴蝶頁有兩人的簽名。

「妳也明白吧？對我們這個年紀的人來說，有些事情是很難對父母、醫生說出口的，甚至對同學朋友也一樣。這個時候交換日記就能發揮很大的作用，只是隔著一張紙，就能讓人坦率地表露情緒，這是單純的問診做不到的。」

「姐姐的日記嗎……」沐荻伶喃喃低語，小心翻動日記本的內頁，發現某幾頁貼有嶄新的螢光色標籤，「這些新貼的標籤是……？」

「是我希望妳能用雙眼親自確認的部分。」詩晴悄聲回答。

尤亞欲言又止地望了夏冬青一眼，最後還是沒有多說什麼。

她沒有像往常那樣湊過去、嚷著也要一起看，是因為那本日記的內容，詩晴已經先讓他們兩個看過了。

想到這裡，尤亞才終於明白夏冬青口中的「資訊差」是什麼意思。

因為姐姐的死而憤恨不平的沐荻伶，自始自終都搞錯了一件事——與田貴仁的感情問題，並非沐荻悠尋死的主因。

甚至可以說，田貴仁的存在一定程度上成為沐荻悠的支柱，讓她在一片黑暗中仍能找到閃耀的星星之火。

在沐荻伶翻閱日記本期間，齊聚街屋二樓的四人誰也沒說話。好一陣子，四周只剩下紙張翻動的聲音。

「為什麼……」一行文字映入沐荻伶眼中，令她的眼神大為動搖。

我好像有喜歡的人了。

那是首個用標籤標記的頁數。

在此之前的日記內容大多為日常瑣事，其中沐荻悠的筆跡居多，詩晴回覆的文句相對簡短，字裡行間，能看出兩名女孩彼此努力溝通、敞開心房的過程。

日記本的前三分之一為止，在憂鬱症的影響下，沐荻悠的字句處處透出沮喪。即便詩晴再怎麼耐心地傾聽、開導，似乎也沒什麼成效，兩人之間像是隔著一層薄壁，怎樣都無法拉近距離。

直到某天，沐荻悠在日記裡寫下那段文字。

我好像有喜歡的人了。

是那個常來輔導室幫忙的老師。

對不起，我知道這是不對的，老師沒有錯，錯的是我。

可以不要說出去嗎？

我知道這很任性，但只要和這個人在一起，那些鬱積的負面情感好像就會減輕一些。

也許我能找回從前的自己。

從這時候開始，沐荻悠留下的字句才逐漸有了活力。

「當時我阻止過她了。」詩晴無奈地笑了笑。

「只是……妳懂的，那可是荻悠。」

「嗯。」沐荻伶點點頭，繼續翻動書頁。

謝謝妳，詩晴，謝謝妳願意替我們保密。

託妳的福，我和老師開始交往了。

抱歉，這麼說好像有點狡猾，我知道這段感情不會被任何人祝福，向老師告白絕對是錯誤的選擇，這點道理我還是明白的。

但只要依賴老師的溫柔，好像就能感受到遙遠前方存在著某種東西，讓我能鼓起勇氣，繼續向前邁進。

所以這段感情的結果就算不如人意，希望妳也不要太介意。

把幸福寄託在他人身上是很危險的。擅自利用別人的溫柔支撐自己，更是不值得被原諒，這些我都知道。

明知如此，我還是希望能親眼確認，確認自己在那遙遠的未來是否能找到什麼。飽受病症所苦的沐荻悠，以笨拙卻真誠的語氣，一字一句訴說內心的想法。即便有著時光恆流的隔閡，女孩如同在黑暗中摸索光明的文字，仍讓人不禁為之動容。

沐荻伶默不作聲地沿著標籤標記的頁數，一頁一頁看過去。尤亞、詩晴和夏冬青什麼也沒說，只是在旁邊靜靜守望她。無數日夜，於荻悠筆下凝聚而成的字句，隨著敞開的書頁傾瀉而出。沐荻伶的眼神微微搖曳。每個眨眼間，彷彿都能看見姐姐映照桌燈光芒的臉龐。

別擔心，就算這段感情沒有得到好結果，我也不會後悔。

在第二個標籤底下，沐荻悠這麼寫道。

現實已經讓人喘不過氣，如果不從所愛之人那裡索要更多，如果不能盡情擁抱、撒嬌，我實在找不到繼續邁步向前的動力。

如果每天早上睜開眼睛，沒有一件值得期待的事情大聲告訴我「快點起床」，我肯定會馬上逃回棉被裡吧。

對不起，詩晴，用了有點壞的方式讓妳一起背負這個秘密，但能夠把心裡話說出來真的暢快很多。

要說有什麼是值得期待的話……我想應該就是畢業那天了吧。

等到那時候，我和老師就再也不是師生關係。如果擅自利用老師溫柔的我有得到幸福的可能，大概就是這個時候了吧。

能夠離開黑暗，行走在陽光下的一天。

我會努力期待，然後每天起床。

此後的每一篇日記，沐荻悠就像重新學習走路的病人般，緊握「老師」的手，將全身重量倚靠其上，小心翼翼地向未來踏出一步又一步。

只要持續前行，這些小小的努力肯定能開花結果——沐荻悠是如此深信著。應該說，如果不這麼想，她就會瞬間被追來的黑暗吞噬。

藉由交換日記遞向詩晴的字句就是給人這種感覺。

看著姐姐笨手笨腳地摸索這段初戀，沐荻伶的嘴角不禁微微揚起，隨即垂落。敏銳如她，自然能察覺到接下來會發生什麼事。

沐荻伶乾脆地將書頁翻到下個標籤，迅速掃視書寫其上的文字。

我和老師分手了，就在今天。

他最近一直心事重重的樣子，好像有什麼事瞞著我，就算問了，老師也什麼都不肯說。

昨天在輔導室進行例行會談時，老師臨時被叫出去，整間教室就只剩下我一個人。他的手機就放在那裡。

原來老師被家裡的人安排相親。不過在我看來，那與其說是相親，不如說是早已談妥的聯姻。

兩邊新人都沒有說不的權利。

老師姑且是據理力爭了，但似乎沒什麼效果。

我明白的，在這樣的狀況下，我的存在會成為危險的未爆彈，對老師、對他的家人都是。

對特意隱瞞這件事的老師，我只有滿滿的感激。

直到最後一刻，都奮不顧身地張開手保護身邊的人，明明長相凶惡，內心卻如此溫柔。這樣的老師，最喜歡了。

所以到此為止就好，原本就是這麼預定的。

我甚至沒有等他回答就離開了。

這麼做應該是對的吧？

明明早就做好心理準備了，胸口的空洞卻比想像中還難受。

詩晴談過戀愛嗎？可以的話，請教教我該怎麼辦。

文章末尾，荻悠還用彩色原子筆畫了隻縮成一團的小貓。

「我的部分就別看了吧。」詩晴微笑著伸出手，將留有滿滿字跡的下一頁迅速翻過。

沐荻伶露出微妙的眼神，繼續往下翻閱。

接下來的日子，失去心靈支柱的沐荻悠跌跌撞撞地持續前行。儘管時常展現消沉的一面，但在詩晴努力協助下，總算度過最難熬的時期，來到三年級。

這段期間，沐荻悠對田老師的事情隻字未提，文字也相對平靜許多，似乎已經不再為此掛懷。

高三繁重的課業壓力也讓日記的內容大幅減少，原本維持三、四天交換一次的頻率，延長到大約一週一次，可以看出此時的兩人都為了準備考試忙得焦頭爛額。

終於到了最後一個標籤處。

沐荻伶悄悄屏住呼吸，輕聲翻過書頁。

昨天熬太晚了，睡前照鏡子的時候，才發現眼睛下面都是黑眼圈。

轉眼間就高三了，按照這個速度，我們很快就會畢業了吧。

時間這種東西還真奇怪，當你有所期待的時候，就會過得特別慢，當你有所留戀的時候，就會過得特別快。

每天早上醒來，我就會更討厭那個必須與棉被搏鬥的自己一點。

所以我會在睡前一片黑暗中，躺在床上用力伸出手，試著去抓住某種東西。抓住某種……能支撐我好好起床的東西。

每當這種時候，就讓人特別想念那棵櫻樹，那個第一次遇見老師的地方。

直到現在，只要閉上眼睛，那些如夢似幻的片段還是會在腦中浮現，彷彿我們從來沒離開過那棵櫻樹下一樣。

對此我只有滿滿的感激。

明年荻伶就要上高中了。說不定她也能在校園裡找到屬於自己的「某種東西」呢。她一定可以的，畢竟和我比起來，荻伶更堅強、耀眼多了。

真想看看荻伶成長為出色高中生的樣子。

寫了這麼多，又開始覺得累了，有時候我會覺得，要是能一直睡下去就好了。把過去、未來、考試、志願全都丟棄，永遠賴在夢鄉中不要醒來。

要是能這麼做就好了。

今天的棉被好纏人。

這是沐荻悠的最後一篇日記，往後的書頁全是一片空白。

不管沐荻伶怎麼翻、怎麼找，映入她眼簾的只有令人絕望的空白，甚至連用來補充頁數的便利貼和紙條都沒有。

「這就是最後了。」詩晴悄聲說道。

「我知道……」沐荻伶緊抓著日記本邊緣，指尖微微顫抖。

透明的水珠從女孩臉龐滑下，一點、一滴，在胸前的制服留下水痕。

「說什麼……想看我成為高中生的樣子……根本是在騙人……」沐荻伶緊咬嘴唇，淚水在眼中不斷打轉。

「明明就在身邊而已……為什麼不把生病的事情告訴我……為什麼不親口告訴我她正在和老師交往……」

「荻悠肯定也有自己的難處吧。」詩晴溫柔地伸出手，替沐荻伶拭去大顆大顆滾落的淚珠。

「要把這些事情坦率地說出來，需要的不只是勇氣而已。」

沐荻伶搖搖頭，沒有多說什麼。

即便得知沉重無比的事實，她也沒有大聲哭鬧，只是緊抱日記本，任由淚水不斷滑落臉頰，這副模樣反而更叫人心疼。

看著詩晴上前將沐荻伶擁入懷中，夏冬青默默轉身，推著尤亞走下階梯。

直到走出街屋外，尤亞才嗚咽地哭出來。

「是在哭什麼，又不干妳的事。」夏冬青瞥了眼雙手並用猛擦眼淚的尤亞，無奈地吐槽。

「可是……可是……她為了姐姐不惜犧牲自己……做出這種事……到頭來卻什麼也沒改變……」尤亞抽抽搭搭地猛吸鼻子，眼眶紅通通一片。

「人家都沒妳哭得這麼誇張。」夏冬青嘆了口氣，垂落的目光中滿是倦意。

「就算什麼也沒改變，光是能聽到姐姐的心裡話，讓自己從仇恨的枷鎖中解放出來，對沐荻伶來說就已經是最好的結果了。」

「嗯……嗯……」

夏冬青打了個呵欠，肩膀一下子放鬆下來。

「總之妳的委託，『櫻樹下的幽靈』事件解決了，我也差不多該回去休息……」

「啊，等一下！」尤亞一把拉住搖搖晃晃往小巷另一端走去的夏冬青，「有件事情我還是沒搞懂。」

「什麼事情？」儘管疲憊，夏冬青還是勉強耐住性子停下腳步。

「那個……『注意力錯覺』。」尤亞舉起手認真地發問。

「阿青之前說過，幽靈的作案手法就是用這個理論完成的。但剛剛的推理，好像沒解釋到這部分？」

「我沒解釋到嗎……」夏冬青捏捏鼻梁，重新打起精神。

「簡單來說，『櫻樹下的幽靈』就是一則用來誤導所有人注意力的怪談。」

「誤導所有人的注意力……？」尤亞歪過頭喃喃重複。

「當大家都把目光放在『幽靈的身分與意圖』時，就沒有機會去思考『幽靈是否存在』了。」夏冬青分別在面前握緊左拳及右拳，隨著雙手間的距離分開，尤亞的視線變得只能聚焦在其中一邊。

「一旦看清這個手法，要破解這起案件其實沒那麼困難。」夏冬青放下手，獨自朝種有櫻樹的空地走去。

「另外，還有一個應用到『注意力錯覺』的地方。我示範一次，妳仔細看好。」

「好。」尤亞緊張地點點頭。

夏冬青駐足在櫻樹下，做出抬頭仰望樹梢的姿勢。

「沒猜錯的話，妳兩次看到沐荻伶都是在這個地方吧？」

「咦？你怎麼知道？」

明明櫻樹周圍的空間並不小，夏冬青站的位置卻幾乎分毫不差。

「因為這個。」夏冬青豎起大拇指比了比身後。聳立在空地旁的建築牆角緊鄰櫻樹，正好是踏一步就能到的距離。

「這個牆角怎麼了嗎？」尤亞摸摸由石磚砌成的牆面，沒看出個所以然。

「妳站去那邊看看。」夏冬青揮揮手，讓她背靠著鐵絲圍籬，站在動物救援社的社辦前方。

如此一來，尤亞的視角就和她走出社辦時一致。

夕陽西下，夏冬青佇立櫻樹下的身姿略帶一絲朦朧，他揉揉眼角，向尤亞投以提醒的目光。

「要開始囉，巧克力螺旋捲。」

「開始什……」

「啊，有幽浮。」

「哪裡?!」

尤亞連忙抬頭，沿著夏冬青手指的方向看去。

晚霞燦爛的天空只有一隻斑鳩孤單飛過，幽浮什麼的自然連個影子都沒看見。

「阿青，你又要我……」尤亞鼓起臉頰朝夏冬青的方向瞪去，原本站在櫻樹下的男孩卻不見蹤影。

「阿青？」

尤亞四處張望了一會兒，直到剛才都還在她面前晃悠的夏冬青，像是憑空消失一樣，怎麼也找不到他的身影。

「大概就是這種感覺。」夏冬青的聲音從建築後方傳來。

身穿制服的男孩從牆角處探出頭，緩步回到樹下。

「所謂神出鬼沒的幽靈，其實只是趁妳轉移視線的瞬間，後退一步躲進牆角而已。」夏冬青說著，朝尤亞身後的鐵絲網抬抬下巴。

「所以那個鐵絲圍籬才格外重要，就算接觸對象心生懷疑，也沒辦法輕易靠近『櫻樹下的幽靈』。」

「咦？我居然被這麼簡單的手法騙得團團轉嗎？」尤亞不敢置信地抱住頭。

「那也沒什麼，人的大腦本來就是很容易騙過的東西。」夏冬青語氣平淡地說道，這次真的頭也不回地朝巷口走去。

「欸，等等我！」尤亞連忙小跑著跟了上去。

好一段時間內，兩人就這麼沉默地並肩而行。直到轉出小巷前，尤亞才小聲開口，「真的結束了嗎？」

「……怎麼突然這麼問？」夏冬青半閉著眼瞥向身邊的女孩。

「不知道。」尤亞糾結地捏住裙襬，一時想不出適合的形容詞，「總有種……事情好像還沒完全結束的感覺。」

夏冬青收回視線，纖長的睫毛隨著目光一同垂落。

「放心吧。無論願不願意，從被揭露身分的那刻開始，沐荻伶就注定只能收手了。」

「欸？為什麼？」

「別忘了她一開始喬裝成幽靈的目的。」儘管雙眼幾乎要閉上，夏冬青還是以平穩的聲線說道。

「只要我們有那個意思，隨時能把她的意圖和底細都供出去。在這樣的狀況下，妳認為沐荻伶還能掀起什麼風浪嗎？」

「也是哦。」

「而且沐荻伶復仇的動機，本來就是出於誤解，既然現在誤會解開了，也沒有繼續行動的必要了。」

「嗯！」尤亞用力點頭，將盤旋在心頭的些許不確定感徹底趕跑。

正如夏冬青所說，沐荻伶於情於理都沒有不收手的理由，或許只是自己多慮了。

「阿青好厲害，沒想到居然真的能靠推理破解怪談。」

「運氣好而已。」

「為了表揚你的功績，本宮決定封你為……沉睡的福爾摩斯！啊不，就決定叫你『沉睡的小五郎』！」

「嗶，版權警告。」

「啊嗚！」

正面吃了一記手刀的尤亞，按著額頭展開笑容。

兩人背對緩緩沉落的夕陽，向即將迎來放學的茗川校園走去。

在他們心中，「櫻樹下的幽靈」事件已經隨著案件破解落下帷幕。

然而事情沒有想像中簡單。

◆

上。

「小靜早啊！」趕在早自習鐘聲打響前，尤亞匆匆忙忙走進教室，把書包扔到座位上。

「真虧妳每次都能壓線到哦。」李靜無奈地轉動手上的原子筆，看著尤亞「嘿咻」地在面前坐下。

「沒辦法，動物救援社只有我一個人，不勤快一點的話波可他們會沒飯吃的。」尤亞回頭面露苦笑，「而且最近又有人送來一隻小狗，光是照顧牠就花了不少時間。」

聽到這句回答，李靜放下筆，壞心地勾起嘴角。

「我還以為妳會因為那個幽靈怪談，變得不敢一個人去社辦呢。前陣子新聞社不是才在網站上發了系列報導嗎？什麼抓交替啊、詛咒啊，講得煞有其事的。」

「哼哼哼，小靜，妳未免太小看我了吧。」尤亞得意地挺起胸膛，「那種東西我早就不怕了，世界上才沒有幽靈呢。」

「欸？是這樣嗎？」李靜愣了愣，補上一句，「我記得妳之前還害怕到快哭出來……」

「才才才才才沒有！」尤亞滿臉通紅地猛拍桌子，引來周圍同學一陣側目。

「現在不管是哪個版本的茗川七大不可思議我都不怕了！看我一個個把它們全部破解給妳看！」

「哦？」李靜挑起眉毛，頗感興趣地指指教室後方的某個空座位。

「那妳倒是破解那個七大不可思議給我看看啊?」

「咦?這邊就有嗎?」剛剛只是隨便誇下海口,完全沒想到七大不可思議如此隨處可見的尤亞不禁狂冒冷汗。

「『原本出席率正常,卻突然長時間缺課的同學,其實是被召喚到異世界了』,這就是那個怪談的內容。」李靜拄著臉頰,對尤亞露出惡作劇的笑容。

「來吧,大神探尤亞,替我們破解這個校園都市傳說吧。」

「這個……那個……」尤亞支支吾吾地別開視線,汗如雨下。

「吾、吾乃驅魔神探尤亞,真相只有一個……」

「就算妳想用亂抄來的臺詞蒙混過去也沒用哦?」李靜忍笑著戳戳尤亞臉頰,讓她眼神混亂地直打轉。

「那個突然長時間缺課的同學,沒錯……」尤亞深吸一口氣,猛然睜開雙眼。

「就是被召喚到異世界去了!案件告破!」

「破妳個大頭啦。」

沒等李靜吐槽完,宣告早自習開始的鐘聲便在校園中迴盪,擔任班導的中年男教師隨之踏入教室。

「各位同學,請安靜一下,老師有件事情要宣布。」面臨髮際線危機的中年男子輕咳一聲,示意同學們保持肅靜。

「雖然有點突然，有位同學會在今天轉來我們班上，希望大家能跟她好好相處。」語畢，中年男子稍稍後退一步，向教室外招招手，示意對方可以進來了。

在眾人好奇中帶點訝異的注目下，一道熟悉的身影緩緩步上講臺。瀑布般的黑色長髮、白皙肌膚，以及那對隨時都帶著笑意的雙眼。女孩身上散發的空靈氣息，令所有人不約而同地屏住呼吸。

「咦……啊……為什……」尤亞指著講臺上的「那個人」，衝到唇邊的話語卻怎樣也吐不出。

「嗨，你們好。」沐荻伶望了她一眼，旋即展開微笑。

陽光從窗邊灑落，趴在桌上補眠的夏冬青靜靜張開雙眼。

第6章 尋找借物靈（一）

你有沒有過一種經驗？

剛剛還放在手邊的物品，卻突然怎麼樣也找不到，直到快要忘記這件事情的時候，那樣物品又奇蹟似地出現在某個角落。

比如筆、鑰匙或橡皮擦。

那種東西突然消失又出現的現象，簡直就像……是被某種肉眼難見的小生物偷走一樣。

以上，就是茗川高中富有歷史的七大不可思議之一——「借物靈」的傳說內容。

◆

「完蛋！要遲到了！」

週一早晨，尤亞獨自沿著校園旁的人行道飛奔，微捲的髮尾在腦後一搖一晃。

距離遲到時間只剩不到一分鐘。放眼望去，能看到許多匆忙加快腳步、往校門移動的學生身影，但尤亞還遠遠落後他們一大截。

眼看再磨蹭下去，自己就要成為唯一一個被攔在校門外的人，尤亞不顧形象地往人行道彼端衝刺。

「嗚哦哦哦哦！要趕上啊！」

下一刻，早自習開始的鐘聲大聲響起。

「好——的。」負責在校門口值勤的小馬尾男教師，伸手攔住想藉由最後加速度硬闖過關的尤亞。

「同學，妳遲到了，麻煩把學號跟姓名填在這裡哦。」

「可惡……」接過遞到面前的登記板，尤亞恨恨地咬緊牙關。

「明明時速只要再快個二十公里左右就一定能趕上的。」

「再快個二十公里，就已經不是人類能達到的速度了吧？」男教師傻眼地吐槽，用收回的板子輕敲尤亞腦袋，「下次記得早點出門啊。」

「哼。」尤亞鼓起臉頰，不服氣地用鞋跟踩踩地面。

「老師，你有被光速踢過嗎？」

「就算用漫畫的臺詞威脅我也沒用哦，遲到就是遲到，要怪就怪自己跑得不夠快吧。」男教師聳聳肩，揮手向尤亞趕了趕，「別耍嘴皮子了，快進教室。妳看，那邊還有同學在等妳呢。」

「哪裡？」尤亞半信半疑地回頭，才發現有道熟悉的身影靜靜佇立在校庭邊緣，似乎是在等待她和男教師的談話結束。

遠遠望著這邊的女孩擁有一對蘊含笑意的雙眼，一頭烏黑長髮在晨光照耀下反射出亮麗的光澤。白淨的肌膚配上勾出優美弧度的薄唇，令她的面容散發清新脫俗的氣息。

女孩即便身穿制服，仍隱隱散發和周圍學生截然不同的光芒。拜此所賜，尤亞隔了大老遠就認出她的身分。

「小伶！」

聽到這聲呼喚，沐荻伶笑吟吟地舉手回應。

曾在初冬時分引發「櫻樹下的幽靈」事件的她，現在已經回歸校園，重拾高中生的身分，目前和尤亞、李靜等人同班。

「怎麼樣？看在妳跑這麼快的份上，秋海老師有放妳一馬嗎？」沐荻伶對來到身邊的尤亞露出微笑。

「完全沒有。」尤亞忿忿地咂嘴，回頭瞪了男教師一眼。

「下次絕對要用美式足球員的衝陣方式，把那個臭馬尾撞飛。」

「先不論這麼做會不會違反校規，光是你們兩個體格上的差距，要辦到那種事就不太可能了哦？」

「沒問題的，最後的月牙天衝，就是自身化為月牙天衝。」尤亞殺氣騰騰地揮了揮手刀，頗有種下次再被攔住，就要跟對方同歸於盡的意味。

「其實遲到也沒什麼大不了的，真的趕不上的話……像他那樣也沒關係吧？」沐荻伶意有所指地朝遠處望去。

睡眼惺忪的夏冬青正緩步通過校門。遲到時間才剛過，他理所當然被值勤的男教師攔了下來。

「你這傢伙，已經連續一個禮拜都遲到了哦。」名為秋海的教師揚起眉梢，不悅地敲敲登記板。

「姓名、學號，這週再遲到一次，按規定要罰一個禮拜的勞動服務，可別怪我沒警告你啊。」

夏冬青不發一語地接過登記板草草填上幾個字，便打著呵欠繞過秋海身邊，逕自往校舍走去。

「等等！」慢了一拍，秋海意識到對方根本沒把登記板交還，他急急回過頭朝夏冬青的背影大喊，「走之前板子倒是還給我啊！喂！給我回來！」

「不，我再怎麼樣也不會變成那種廢柴啦。」看著夏冬青那副毫無精神的模樣，尤亞哼笑著連連擺手。

「要變成那樣也不容易呢。」沐荻伶同樣報以一笑，凝目掃過登記板末尾。被男教師搶回來的板子上，只有尤亞的姓名和學號留在上頭。看來夏冬青剛才只是裝模作樣地虛劃幾下，完全沒有要乖乖寫下名字的意思。

收回登記板後，秋海一時間無暇確認上頭的內容。他四處望了望，發現尤亞和沐荻伶還停留在原地，揮手要她們趕緊離開。

「那邊那兩位同學，妳們也趕快進教室去，別在這邊逗留。」

「是，長官！」被這麼一說，剛剛還信誓旦旦說要給對方一記月牙天衝的尤亞，立刻立正站好，舉手行了個軍禮，完全沒有幾秒前那神擋殺神的氣勢。

揮別回到值勤崗位的男教師秋海，兩名女孩跟在夏冬青身後走向校舍。

「話說回來，尤亞，動物救援社前幾天不是收到一隻生病的小狗嗎？現在狀況如何？」沐荻伶回頭向尤亞拋出話語。

經過這段時間的相處，性格早熟的沐荻伶早已順利融入班級，和尤亞更是建立了遠超一般朋友的好交情。儘管兩人的個性南轅北轍，卻始終不怕沒話聊。

比如此刻，沐荻伶就趁著步行的空檔，適時開啟了一個尤亞可能會感興趣的話題。

「啊，那隻小狗嗎……」不料一向健談的尤亞難得地露出為難的神色，「被送來社辦的時候牠就不太舒服的樣子，飼料也不吃，看起來很沒精神。一開始我以為只是吃壞肚子，送去給獸醫檢查後才發現不是。」

「不是吃壞肚子？」沐荻伶頗感意外地眨眨眼。

「嗯，聽醫生說，好像是得了一種俗稱『腸炎』的狗狗傳染病，症狀很嚴重，如果不趕快治療的話會有生命危險，所以那隻小狗正在住院觀察。」尤亞擔心地抓緊制服領口。

「那種病毒的傳染力很強，必須得住在特殊的病房做隔離。加上療程的費用……打針、吃藥、住院什麼的，算一算至少得花個幾萬塊吧。」

「這麼貴？」對這方面沒什麼研究的沐荻伶不禁有些吃驚。

「這樣沒問題嗎?錢的方面……」

「別擔心，我已經申請到社團補助，在網路上發起的募款也有很多人響應，所以沒問題的。」尤亞得意地挺起胸膛。

「預計所有款項今天就會進來，狗狗的狀況也已經穩定下來了，接下來只要按部就班地把手續完成，動物救援社就能迎來新的成員囉!」

「真是可靠呢。」

「畢竟我可是動物救援社的社長啊。」一提到社團的事情，尤亞就像換了人似的，渾身散發不由分說的幹勁，完全沒有平時那副迷糊的模樣。

「雖然現在還很虛弱，不過妳看，這是那隻狗狗剛到社辦時的照片哦。」

尤亞將手機遞到沐荻伶面前，螢幕上秀出一張茶褐色小狗的照片。

小狗趴在攤開的大浴巾上，抬眼看向鏡頭，眉心的皮膚有點皺皺的，讓她看起來好像很憂鬱。

「好可愛!」就連一向冷靜自持的沐荻伶，也不禁被小狗眼中閃動的無辜光芒給融化。她一邊用手掌掩住從唇邊溢出的輕嘆，一邊仔細打量照片。

「牠是女生嗎?還是男生?」

「是大概三個月大的小女生哦。」

聽著身後的兩名女孩湊在一起談論小狗，夏冬青忍不住又打了個呵欠。

◆

「尤亞同學、尤亞同學在嗎？」下午的體育課開始前，尤亞班級的班導師推開門，朝鬧哄哄的教室大喊。

因為前一節課才剛使用過投影幕，教室內處於窗簾全部拉上、燈也沒有開的昏暗狀態，這讓班導師更難以在人叢中找到尤亞的身影。

「啊，我在。」正和李靜聊天的尤亞連忙抬起頭，向頭頂微禿的中年男子揮揮手。

中年男子見狀，便推開擋道的同學，大步來到尤亞面前。

「負責收校外旅行費用的人是妳對吧？」

「是我沒錯。」因為不清楚對方這麼問的用意，尤亞回答的聲音有些緊張。

「收款的截止日是明天，班上所有人的錢都收齊了嗎？」

「還差一、兩個人，應該能在放學前收齊。」尤亞吞了吞口水，眼神略顯游移。

再過幾個禮拜，茗川高中校方就會舉辦眾所期待、為期三天兩夜的校外旅行，擔任班上總務的她，自然肩負收款的責任。

只不過這幾天尤亞幾乎都把心思放在動物救援社上，校外旅行的費用遲遲還沒收齊。

「老師明天請假不會來學校，能不能請妳在放學前，把校外旅行的費用收好送來辦公室呢？」擔任班導師的中年男子推推眼鏡，以委婉的語氣要求。

「放、放學前嗎？我知道了。」尤亞乾笑著比了個「OK」手勢。

「那就拜託妳了。」

丟下這句話後，中年男子轉身離開，留下李靜和尤亞在原地面面相覷。

「怎麼了？還有很多人的錢沒收到嗎？」看著面有難色的尤亞，李靜忍不住問了一句。

「其實也沒有很多啦。真要說起來，就只剩那傢伙還沒交了。」尤亞壓低聲音往身後比了比。

無視教室內嘈雜的氣氛，夏冬青一如往常地趴在臂彎間沉睡。午後陽光透過窗簾縫隙灑落，在他身側投下一片細細地光影。

「夏冬青嗎？還是我去幫妳問問？」眼看好友遇到困難，李靜自告奮勇地捲起袖子，卻被尤亞伸手攔住。

「不、不用啦，我待會自己去找他拿。」尤亞尷尬地瞄了夏冬青一眼，在心中盤算該如何開口。

自從「櫻樹下的幽靈」事件結束後，兩人就鮮少交談——畢竟夏冬青幾乎都在睡覺，反而是與沐荻伶的感情加深不少，這樣的變化倒是尤亞始料未及的。

在這種不上不下的狀態影響下，尤亞和夏冬青的關係變得頗為微妙。要說是朋友，好像也沒到那種程度，要說只是同班同學，尤亞又不覺得兩人的交情僅止於此。

偏偏夏冬青平時又是一副非誠勿擾的模樣，讓人難以輕易向他搭話，這也造就了眼前尷尬的狀況。就連催繳校外旅行費用時，尤亞都有點不知道該怎麼開口。

「喂，就是你，給我把錢交出來。」尤亞清清喉嚨，朝想像中的夏冬青伸出手，頓了半秒後旋即搖頭。

「不對不對，這只是普通的混混吧！那……請把你重要的東西交給我？也不對！又不是告白的肉食系少女，講得這麼肉麻幹嘛啦！」

「尤亞別玩了，快上課囉？」李靜向她招招手。不知何時，教室內的同學們已經離開大半，只剩下負責關門的李靜、持續補眠的夏冬青，以及兩三個手腳較慢的同學還逗留在教室。

茗川高中的體育課，有一條「學生必須在上課前移動到表定的場地進行準備」的規定，因此大部分同學都習慣早早出發離開教室，以免耽誤到課堂的時間，今天也不例外。沒有平時嘈雜的人聲，偌大的教室顯得無比安靜，就連李靜鎖上後門的聲音都清晰可聞。

尤亞左右張望了一會兒，又往夏冬青的方向瞥了兩眼才下定決心，從抽屜裡拿出裝有校外旅行費用的信封袋和塑膠罐。

「等體育課回來，我就去找阿青收錢。」這麼說服自己後，尤亞心安理得地把信封袋和塑膠罐放入教室前方的鐵櫃，用隨身攜帶的鑰匙上鎖。

這麼做是為了避免發生入室盜竊的可能，全班的旅行費用加起來可不是筆小數目，尤亞也不可能隨身攜帶這麼一大筆鉅款去上體育課。

既然得暫時把這筆錢留在教室，比起放在抽屜，上鎖的鐵櫃顯然更加安全。

確認鎖頭確實扣緊後，尤亞把鑰匙放進口袋，跟在總算慢吞吞站起身的夏冬青背後走出教室。

等李靜把前門也鎖上後，室內已經空無一人。緊閉的窗簾遮擋住光線，讓四周一片昏暗。

個性認真負責的李靜，又把走廊一側的窗戶全部檢查一遍，才和尤亞、沐荻伶等人一起走下樓，往體育館的方向進發。

◆

「請各位同學兩兩一組進行桌球的單局對打比賽，每個人至少要打三場，下課前把逐場比分登記在座號表上。都明白的話，就趕快開始吧。」年老到讓人懷疑他到底還能不能教授體育的瘦小男教師拍拍手，示意同學就地解散。

這節課安排的場地位於體育館二樓的桌球室，相比烈陽高照的操場，活動起來輕鬆許多，就連沒有運動習慣的尤亞也難得地拿出幹勁。

對手。

「來吧，小靜！妳的對手是我！」意氣風發地舉起球拍，尤亞很快選好了第一局的

「就讓妳見識見識人稱『尤亞區』的桌球神技吧！」

「尤亞區？」被第一時間指名的李靜滿頭霧水地挑起眉毛，「那是什麼東西？」

「就是使用高超的旋球技巧，讓對方回擊的球自動回到自己面前的一種絕招。只要使用得當，出招者在擊球時甚至不用移動半步就能戰勝對手。」尤亞半掩住臉龐，勾起一抹陰冷的笑容。

「本來是不想輕易使用這招的，但既然對手是小靜，或許是一個使出全力的好機會。」

「哦……好哦。」李靜抽動嘴角，舉起球拍。「那就對我用用看吧，那叫什麼『尤亞區』的東西。」

「有意思，看招！」尤亞高高拋起手中的白球，球拍一揮。

「十一比零，由李靜同學獲得勝利。」幾分鐘後，擔任裁判的沐荻伶微笑著宣布。

「為什麼啊啊啊啊啊！」尤亞不甘心地跪倒在地，淚水不住從眼角滾落，「為什麼連一分都拿不到？這不合理啊?!」

「嘛，大概是因為尤亞妳的技術真的挺爛……」

「一定是因為小靜的運動細胞本來就很好，嗯，一定是這樣！仔細想想，和田徑社

的女孩子比運動什麼的，輸了也是很正常的吧！」無視李靜「不不不，田徑跟桌球可沒有半點關係哦」的發言，尤亞擅自開始替自己開脫。

「只要是和正常水平的人交手，我就肯定不會輸。所以下一場對手……就決定是小伶妳了！」

「哎呀，我嗎？」沐荻伶笑著偏了偏頭，「我不太擅長桌球哦？」

「那正好……啊不是，技術不好也沒關係！就讓我們來場堂堂正正的比賽吧！」尤亞大手一揮，重新站到球桌邊。

「妳剛剛是不是說了『那正好』之類的話啊？」李靜無言地指出，卻被尤亞華麗地無視。

「小伶，準備好了嗎？就算是面對新手，我也不會手下留情的，看招！」尤亞高高拋起手中的白球，球拍一揮。

「十一比一，由沐荻伶同學獲得勝利。」幾分鐘後，擔任裁判的李靜無奈地舉起手。

「為為為為什麼啊?!」尤亞再度跪倒在地，滿臉不敢置信。

「為什麼我的『尤亞區』不起作用？這不可能啊！」

「不，就是因為妳太想打旋球了，所以幾乎每球都打到界外去了吧。」李靜半睜著眼吐槽，「唯一得的一分還是靠沐荻伶同學發球失誤拿下的。尤亞，妳是不是其實不太擅長打桌球……」

「別再繼續說下去了，小靜。」尤亞露出燦爛的笑容，一個箭步上前，用指尖抵住李靜的嘴唇，「我現在不想聽這種中肯的言論。」

「妳哦……」

「無論如何！」尤亞颯爽地轉身，把面露無奈的李靜拋在腦後。

「下一場我一定會贏，妳們好好看著吧！」

不同於扶額嘆息的李靜，沐荻伶微笑輕拍雙手，似乎十分期待尤亞的最後一場挑戰賽。

四處環顧數秒後，尤亞眼神一亮。

見夏冬青閉著眼、斜倚在牆邊打瞌睡，別說和別人對打了，他甚至連球拍都沒有拿。

「來對決吧，阿青！」眼看機不可失，尤亞一把拉住夏冬青的臂膀，把他從牆角拖到球桌前。

「等等，尤亞，他看起來好像精神不太好欸。」李靜擔心地伸出手，卻遭到尤亞豎起拇指回應。

「沒問題的啦。再怎麼說，也不會輸給這種連球拍都拿不穩的傢伙，妳別擔心。」

「我不是在擔心妳……算了。」李靜欲言又止地搖搖頭，放棄爭辯。

「小靜啊，對真正的勝利者來說，挑選適合的對手也是一條必經之路哦。」尤亞一邊說著，一邊把沐荻伶遞來的球拍塞到夏冬青手上，自己則繞了一圈來到球桌另一端。

「對付這種程度的對手，不需要用到『尤亞區』，用普通的發球就能搞定了！」吸取教訓的尤亞這次不再嘗試好高騖遠的旋球，而是瞄準夏冬青的正面，一揮球拍。

「我的回合，發球！」

小白球這次成功以筆直的彈道在桌面上連續彈跳兩次，抵達夏冬青面前。下個瞬間，男孩原先半閉的雙眼猛然爆出精光。

「欸？」尤亞的額前流下一滴冷汗。

伴隨清脆的擊球聲，桌球以肉眼難以追上的速度打中尤亞這邊的桌面，接著高高反彈，直擊她的鼻梁中心。

「噗呃！」尤亞的臉龐大大後仰，連淚水都從眼角飆了出來。

「一比零，由夏冬青率先得分。」沐荻伶靜靜展開微笑，豎起纖細的食指。

尤亞咬緊牙關，如生鏽的機器人般重新直起身體。

佇立在球桌另一頭的夏冬青，緩緩舉起球拍，雙眼燃起明亮的火焰。

「還是妳發球，巧克力螺旋捲。」

這句平靜到毫無起伏的話語，讓尤亞瑟瑟發抖。她拚命地握緊球拍，再次擺出發球的姿勢。

「我、我的回合，發球……」

咻啪！

「噗呃！」

體育課結束後，尤亞拖著蹣跚的步伐回到教室。

「我不懂……為什麼會變成這樣……」

「別難過啦，是夏冬青的實力太強了，不是妳的問題。」沐荻伶柔聲安慰道，用指尖輕撫尤亞的頭頂。

「可是、可是……」尤亞抽抽噎噎地擦著眼角，「我在妳和小靜手上，也幾乎得不了分耶？」

「這個嘛……」沐荻伶的笑意中透出些許無奈，「人總有擅長跟不擅長的事嘛。」

「不要再用溫柔的謊言欺騙我了！」尤亞將臉龐埋入手掌中，淚眼汪汪地連連搖頭。

「我已經……不會再相信任何人了。」

剛才尤亞和夏冬青的對局實在太慘，最後演變成一眾同學圍觀她被單方面虐殺的奇景。這樣的經歷似乎讓尤亞的內心留下不小的創傷，讓她直到現在都無法恢復平靜。

沒等尤亞內心的小劇場演完，一道淡漠的聲音就從兩人背後響起。

「巧克力螺旋捲，開門。」

「哈？」尤亞轉身，發現夏冬青正靜靜指著上鎖的教室大門。

「管鑰匙的短跑女去還器材了，我剛剛有看到她把教室門的鑰匙拿給妳。開門。」

夏冬青簡略地說明道，雙眼盈滿熟悉的倦意。

仔細一看，能發現教室外聚集了不少等待開門的同學。因為平時掌管鑰匙的李靜不在，現場氣氛還不至於太過躁動，但要是讓他們乾等下去，難保不會有人出聲埋怨。

尤亞見狀連忙從口袋裡掏出鑰匙，解開緊扣的門鎖。

隨著教室門緩緩敞開，眾人紛紛繞過尤亞，往室內魚貫而入。

「啊，阿青先等等！」

正當夏冬青也晃悠悠地跟著人群移動時，尤亞及時伸手將男孩一把拉住。

「……又怎麼了？」一臉想睡的夏冬青有些不耐地回頭。

「那個，校外旅行的費用，全班就剩你還沒交了。」尤亞雙手叉腰，鼓起勇氣提醒，「老師剛剛叫我放學前收齊，把錢拿去辦公室給他，你今天能交嗎？」

「校外旅行……？」夏冬青輕按脖頸，沉思一會兒才緩緩點頭，「好像有這回事。」

「呃，你該不會忘記了吧？」

——這可是眾所期待的校外旅行欸？

尤亞不禁有點傻眼。

「不，怎麼可能忘，我可是很期待的，校外旅行。」夏冬青言不由衷地表示，語調平板至極。

「要錢的話我有，現在馬上拿給妳。」

「怎麼說得好像我是什麼討債集團一樣啊。」尤亞一邊嘟起嘴唇，一邊走到鐵櫃前，拿出鑰匙準備取出存放其中的校外旅行費用。

解開鎖頭、拉動把手，隨著發出刺耳摩擦聲敞開的櫃門，分別存有紙鈔和零錢的信封與塑膠罐出現在眼前。

首先拿起壓在上頭的零錢罐，裝滿硬幣的罐子立刻回以沉甸甸的手感，接著是存放鈔票的信封袋……

「咦？」頓了一拍，尤亞發出疑惑的聲音。

「怎麼了嗎？」一旁的沐荻伶關心地低下身，向女孩的臉龐投以視線。

尤亞緩緩回過頭，表情一片茫然。

「不見了。」

「什麼東西不見了？」

「全班的……校外旅行費用。」

尤亞顫抖的指尖一鬆，信封袋隨即飄落地面。

封口大開的牛皮紙袋裡頭空空如也，連一張鈔票都沒剩下。

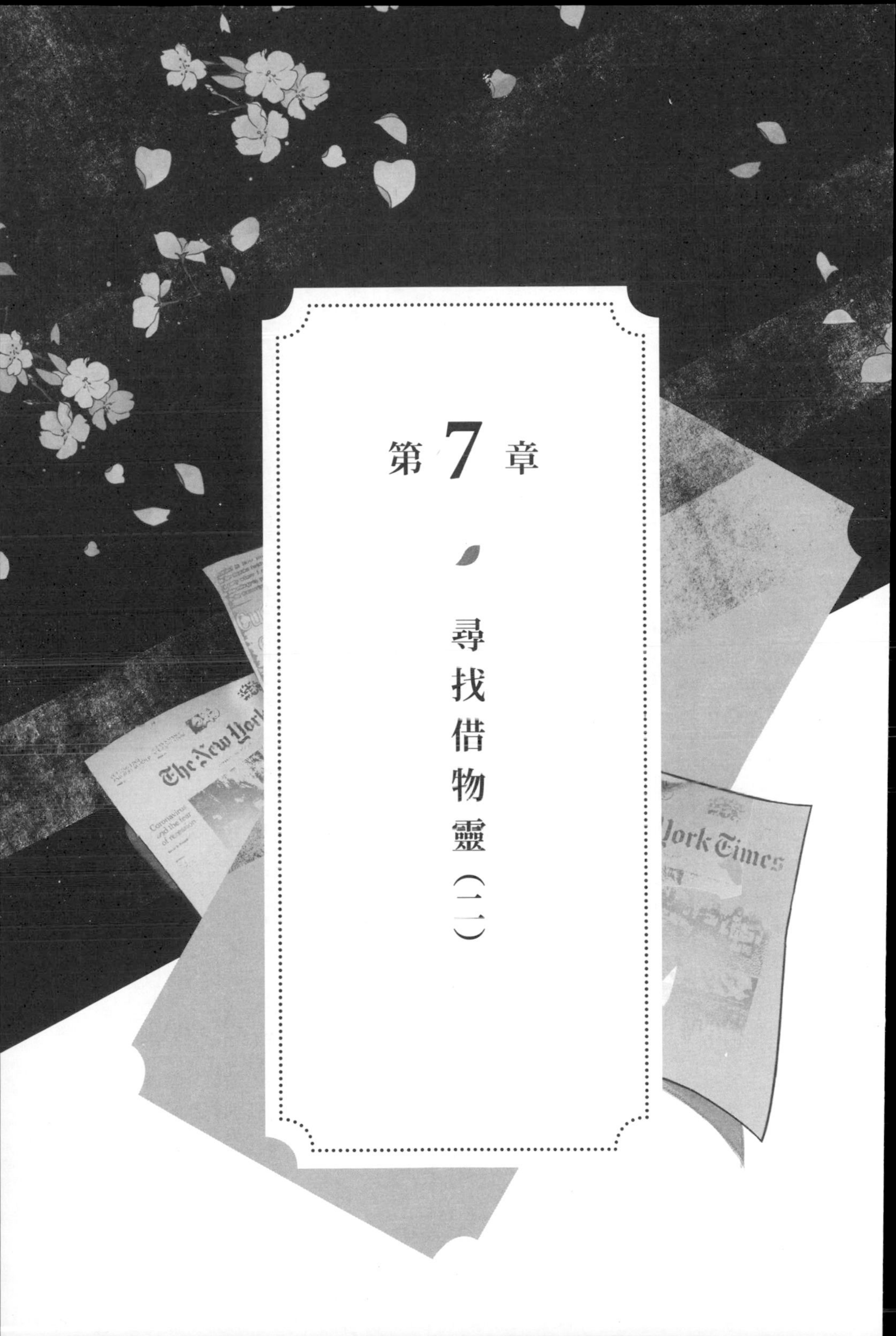
The New York
York Times
Coronavirus and the fear of recession

第7章 尋找借物靈（二）

校外旅行費用弄丟的事情，很快就在班上引起騷動。幾十人份的旅費加起來可不是筆小數目，以「校園竊盜案」來說，規模可是茗川校史罕有的。

聽聞此事後，擔任班導師的中年男子第一時間趕到現場。

「安靜！所有人都安靜！」班導師快步走上臺，一把抓起麥克風對著鬧哄哄的教室大吼。

原本還一片混亂的同學們立刻沉寂下來，「唰唰」地將視線一齊轉向講臺。

「請各位同學待在位置上，稍安勿躁。」或許意識到自己的語氣過於火爆，班導師輕咳一聲，轉向呆立在一旁的尤亞。

「尤亞同學，妳確定校外旅行的費用是真的不見了嗎？有沒有可能是收在哪裡，只是妳忘記了？」

「沒有……我把錢收在信封裡，上完體育課之後，就全部不見了……」尤亞難掩茫然地拿出扁扁的信封，「只剩下放零錢的罐子……」

班導師接過信封袋翻看幾下，確認裡頭是真的什麼也不剩後，深深嘆了口氣。

「從現在開始，老師會一個一個檢查你們的書包和抽屜。在檢查完之前，所有人都不准離開教室，明白了嗎？」

「檢查書包和抽屜……？」尤亞愣了愣，開口問道，「老師覺得……小偷就在班上嗎？」

「別問了。」班導師神色嚴峻地抬抬下巴，將這個問題硬生生堵了回去。他放下麥克風，大步越過教室，把前、後門都關緊鎖上。

「尤亞同學，麻煩妳也回到位置上。」班導師揮揮手，不由分說地下達指示，確認所有同學都回到位置上後，他回到講臺前，以無比嚴肅的目光掃視全班。

「……怎麼有三個人不在位置上？」

「那是去還器材的體育股長和今天的值日生。」沐荻伶舉起手，代替不知所措的同學們回答班導師的問題。

轉頭一看，就能發現李靜、身材高大的體育股長，以及另一個身材纖瘦的女孩站在教室外，滿臉莫名其妙地嘗試轉動上鎖的門把手。

「唉，讓他們進來。」班導師揉著鼻梁根部，示意坐在門邊的同學幫忙開門。

「你們幾個，都去坐好。」

在班導師的沉聲喝令下，李靜等人識相地走回座位。

才剛坐下，李靜就湊到尤亞耳邊低聲問道，「怎麼回事？班上氣氛怎麼這麼奇怪？」

「校外旅行的費用，不見了。」尤亞強壓下唇角的顫抖，同樣以氣音回答。

聽到這則消息，李靜不禁一愣。

「不見了？」

「嗯。」

「全部？」

「除了零錢罐裡的錢以外，都不見了。」

「真的假的啊……」

「大家安靜。」班導師拍拍手，平息教室內逐漸浮躁的氣氛。他清了清喉嚨，將目光投向講臺最左側的座位。

「請第一排同學都站起來，離開位置站到走道上，老師要一個一個過去檢查。」

「真的要檢查書包跟抽屜……？」

「不會吧……」

「老師該不會認為錢是班上同學偷的吧……？」

眼看班導真的開始進行無差別搜查，學生們忍不住交頭接耳。

儘管不少同學對這種做法頗有微詞，卻沒有一個人敢站出來表達意見。那股「小偷說不定就在我們之中」的詭譎氣氛瀰漫教室，讓全班幾十個人都不約而同地變得靜默。

擔任班導師的中年男子就這麼依著座位順序，一個一個查找過去。

每位接受檢查的同學，都必須把抽屜、書包裡的東西全部拿出來放在桌上，過程極其費時，因此不久之後，班導師就讓身為事主、同時也通過檢查的尤亞一起幫忙，兩人分頭進行，讓作業的速度翻倍。沒過多久，擴及整個班級的地毯式搜索宣告完成。

結論是——那筆錢並沒有藏在班上哪個人身上。

「不可能……」班導師懊惱地抓頭，踱步回到講臺上。思考良久後，他再度拍拍手，將全班同學的注意力集中過來。

「等一下老師會給每個人各發一張紙條，如果同學們有覺得哪個人特別可疑，就把那個人的名字寫在紙條上。」班導師頓了頓，隨即補充，「這份問卷是匿名的，所以不用擔心老師會把你們寫的內容講出去，知道詳情的同學，請務必利用紙條告知。以上，都聽明白了嗎？」

「有必要做到這種地步嗎……？」尤亞緊握拳頭，錯愕的低語從唇邊漏出。或許是和尤亞懷有相同心情，教室內的學生不安地面面相覷，卻也沒有人敢對此表示異議。

這樣的做法，無疑是鼓勵學生們互相猜忌，對解決事件本身可說是毫無幫助，只不過是徒增同學彼此間的不信任而已。

「尤亞同學，請妳到老師的辦公室跑一趟，桌子下有一疊空白考試用紙，麻煩妳去把它拿過來。」

「啊，好的……」被點到名字的尤亞連忙站起身，卻不小心用膝蓋碰到桌腳，讓她痛得一縮。

「請等一下。」就在此時，一道清晰的聲線打破靜默。

在眾人聚集而來的視線中，沐荻伶輕按桌面，緩緩站起身。

調。

她毫不避諱地直視班導師的雙眼，沒有被「教師與成年人的威壓」震懾住。

「老師，您剛剛已經檢查過大家的書包和抽屜了吧？」

「是這樣沒錯。」中年男子皺起眉頭，似乎沒料到會有學生選在這種時候和他唱反調。

「既然搜查沒有結果，是不是就代表『小偷有可能是班上同學以外的人』呢？」沐荻伶一字一句、鏗鏘有力地說道，「我認為，犯人有可能是趁我們外出上體育課的時候，溜進教室把錢偷走的。」

「確實有可能。」沉默一會兒後，班導師像是不得不承認錯誤般地點點頭。

「老師不想把事情鬧大的心情我們能理解，但是可不可以請您跑一趟警衛室，檢查走廊那邊的幾支監視器呢？如果犯人是以闖空門的方式行竊，只要調閱監視錄影畫面就能解決了。比起用指認的方式尋找犯人，我認為這樣的做法更有效率。」沐荻伶以就事論事的方式提出建議。

「可是……」

「這件事只有身為教師的您做得到。」一口打斷略顯猶豫的中年男子，沐荻伶機靈地放柔聲音，「拜託您了。」

在這句軟語央求下，班導師緊繃的表情很快產生鬆動，他抹了抹臉，顯露疲憊的神色。

「老師去看一下監視器錄影畫面，這節課你們先自習。沐荻伶同學，麻煩妳維持一下班上秩序。」丟下這句話後，班導師獨自推門離去。

確認中年男子的身影消失在門外，沐荻伶離開座位，信步走上講臺。

環顧鴉雀無聲的班上同學一會兒，她緩緩呼了口氣。

「來推理吧，大家。」

「咦？」

以沐荻伶的這句話為起始，教室內頓時響起無數疑惑的低語。

「等等，推理是什麼意思？」李靜舉起手，向沐荻伶提出質疑。

「妳剛剛不是說，只要老師去檢查監視器畫面，一切就會真相大白了嗎？為什麼突然要我們推理……」

「那是騙人的。」沐荻伶直截了當地回答，「就算有外人進入教室行竊，也不可能從走廊的方向入侵，這件事妳也明白的吧？畢竟大家離開教室的時候，就是我們把那一側門窗全部鎖上的。」

「確實是這樣沒錯……」

「而且單以竊案來看待，整件事情也很奇怪。」沐荻伶以意有所指的眼神，靜靜望向臺下。

「各位，你們回到教室時，座位有被翻動過的痕跡，或是財物丟失的情況嗎？」

一被這麼提醒，班上同學們立刻騷動起來。經過班導師的一番檢查，所有人的抽屜和書包全被翻了個底朝天，卻沒有半個人反應自己遺失東西。

「這就是最奇怪的地方。」沐荻伶概括道，「一般來說，大部分闖空門的竊賊都會盡可能把有價值的財物全部帶走，並不會費心思還原現場，像這樣只偷走一樣東西的狀況，實在很不自然。」

「況且我們離開的時候教室的窗簾都是拉上的，犯人不用擔心被人目擊，有充分的時間和條件作案。正因如此，實在很難想像對方會急急忙忙拿了一件東西就走，偏偏還是校外旅行的費用……」

說到這邊，眾人臉上紛紛露出不安的表情。既然偷走校外旅行費用的並非普通竊賊，那麼這起事件的複雜度，很可能遠超他們想像。

過了半晌，李靜才遲疑地打破沉默，「沐荻伶同學，妳這種講法，簡直就像在說……犯人早就知道校外旅行費用收在哪裡一樣。」

「是啊。」沐荻伶輕輕點頭。

「單以現狀來看，這種可能性很高。畢竟只有裝在信封袋裡的紙鈔被偷了，如果不是相當了解班上金錢收納位置的人，要做到這點很困難。」

「可是……真的有這種人嗎？」李靜難掩猶豫地提出質疑。

要滿足「了解班上金錢收納位置」的先決條件，最有可能的嫌犯人選，就是班上的數十位同學們了。

但要是推翻了「犯人外來論」，無異是將矛頭指向班級內部，和班導師剛才那種引人猜忌的方式幾乎沒有分別。

「老實說我也不太確定，所以需要班上的大家提供幫助。」沐荻伶柔聲表示，以嘴角的淺笑安撫周圍突然緊繃的氣氛。

確認教室內的躁動氣息消失後，她將目光轉向仍呆站在座位邊的尤亞。

「尤亞，我能問妳幾個問題嗎？」

「嗯，可以啊。」神色沮喪的尤亞努力振作精神，向沐荻伶用力點頭。

沐荻伶見狀也回以柔和的笑容。

「尤亞，妳每次離開教室的時候——比如體育課，或是其他需要全班外出的課堂，都會把信封袋和零錢罐放進那個鐵櫃裡嗎？」

「每次都會哦。」尤亞立刻給予肯定的答覆，「雖然放學的時候得帶回家，但碰上要外出的課，我都會把錢放在鐵櫃裡鎖好。」

「原來如此。」沐荻伶輕掩嘴唇，露出深思的模樣。

「鐵櫃的鑰匙，除了妳以外還有誰有嗎？」

「據我所知應該沒有？」尤亞歪著頭，不是很確定地說道，「離開教室的時候我都會把鑰匙帶在身上。到目前為止，也沒有發生過鎖頭被其他人打開的事情，所以我想應該沒有其他把鑰匙。」

「到目前為止嗎……」沐荻伶轉過視線，看向掛在鐵櫃上的老式鎖頭。

「尤亞，妳回到教室的時候，鎖頭是鎖著的，還是打開的？」

「是鎖著的。」這回尤亞倒是回答得很快。「我記得有用鑰匙把鎖頭解開，才發現信封袋是空的。」

「那就怪了。」沐荻伶放下手，眉心微蹙。

「一般來說，這麼一大筆錢被偷了，我們應該很快就會發現，犯人實在沒必要把現場還原到這種程度……」

在全班鴉雀無聲的注視下，她走下講臺，傾身檢查放在教室前頭的鐵櫃。

「小伶，妳在找什麼嗎？」看著沐荻伶在鐵櫃周圍仔細查找的模樣，尤亞問道。

「破壞的痕跡。」沐荻伶以指尖沿著鐵櫃邊緣輕敲，試著尋找破口或裂縫。「如果不用鑰匙，而是以破壞鐵櫃的方式來作案的話，就有辦法在不動到鎖頭的情況下偷走裡頭的物品……原本我是這麼想的。」

沐荻伶直起身，展開一抹無奈的苦笑。

「但好像猜錯了。」

儘管外觀略顯老舊，但這個一人高的鐵櫃不管怎麼看，都沒有半點遭到破壞的痕跡。

「這樣下去……不太妙呢。」

「什麼東西不太妙？」聽到沐荻伶這聲嘆息，尤亞歪過頭。

沐荻伶還來不及回答，一道男性的聲音就橫插進來。

「先等一下。」一位頭髮有著亮橘色挑染的男同學站起身，逕直望向沐荻伶。

「照妳這種說法，目前最大的作案嫌疑人，不就是持有鐵櫃鑰匙的尤亞同學了嗎？」

「欸？」尤亞眨眨眼，沐荻伶則扶著額頭，露出「果然變成這樣了嗎」的表情。

「大家想想看，我們回到教室的時候，也是尤亞同學負責開門的。換句話說，體育課結束的當下，她其實是持有『教室鑰匙』和『鐵櫃鑰匙』的。」染著鮮豔橘髮的男同學自信滿滿地說道。

「我認為實際情況是這樣的——首先，尤亞同學把校外旅行費用放進鐵櫃，確認所有人都離開教室、門窗也上鎖後，再趁體育課當下偷偷溜出課堂。」

橘髮男同學雙手比劃，繪聲繪影地重現他想像中的犯罪現場。

「就這樣把所有鎖頭都解開，偷走信封袋裡的紙鈔之後，尤亞同學把錢藏到校內某個地方，最後再回到課堂上，裝作什麼事也沒發生過。沒錯，這就是所謂的『真相』了！」

發表完自己的推理，橘髮男同學宣示主權般地高舉雙手，臉上寫滿得意。

沐荻伶嘆了口氣，無奈地轉向那名男同學。

「這位同學，請問你的名字是？」

「陸仁甲。」

「路人……？」沐荻伶不禁一怔，隨即恢復冷靜，「算了，那不重要。」

無視被當面評為「不重要」、大受打擊的陸仁甲，沐荻伶豎起食指。

「我剛剛之所以會說『不妙』，就是擔心有像這樣的笨蛋言論出現。」

「笨、笨蛋言論?!」

「陸仁甲同學，你的推理有好幾個致命漏洞哦。」沐荻伶毫不留情地繼續說下去，「最嚴重的錯誤，就是尤亞的『不在場證明了』。」

「不在場證明？」

「是的。打從離開教室以來，尤亞就一直跟我待在一起，上體育課的時候應該也有很多人看到她打桌球的樣子，我說的沒錯吧？」沐荻伶向臺下投出詢問的視線，並得到許多人的點頭回應。

畢竟尤亞當時被李靜等人輪番痛打的景象實在太過慘烈，要不注意到都難。

「從離開教室到體育課結束的這段期間，尤亞完全沒有離開過我們的視線，根本沒辦法完成你說的那種作案方式。這就構成了完整的『不在場證明』。」沐荻伶頓了頓，繼續說下去，「另外，你的推理也無法解釋犯人的『作案動機』。」

「這個……作案動機當然是為了錢……」陸仁甲支支吾吾地辯解。

「身為班級總務，尤亞明明隨時都能把錢偷走，為什麼非得挑這時候下手？而且還只偷走紙鈔的部分？」沐荻伶咄咄逼人地接連拋出疑問，讓陸仁甲完全接不上話。

「如果作案動機真的是金錢，陸仁甲同學，以上幾點都說不通哦？」

「呃……」

「再說，要是犯人的身分和作案手法真如你所說，那我們只要調查一下監視器錄像不就能解決了嗎？」沐荻伶一針見血地直指核心，「從目前已知的線索來看，我不認為犯人會選擇這麼粗糙的方式行竊。」

「那個……」擔任班長的女孩怯生生地舉起手，將所有人的目光吸引過去。

「老師剛剛傳了訊息給我，他說他把上節課的監視器錄像看完了，這段期間都沒有人進出教室。」

聽到這則消息，全班同學不約而同地鼓譟起來。

「沒有人進出教室?怎麼可能!」

「那犯人是怎麼把錢偷走的?」

「該不會是用某種手法，從鐵櫃裡隔空把錢偷走……」

「難道說……這就是所謂的『密室作案』?」

「監視器沒有拍到犯人」的事實，意味著這起案件無法以最簡單的方式獲得解決。

這讓教室內好不容易被控制住的秩序，一下子又瀕臨失控。

班上學生不斷交頭接耳，甚至有人站起來，發表自己對案件的看法。僅僅數秒間，教室內就變得鬧哄哄一片。

直面臺下雜亂的情景，沐荻伶的眼神不禁凝重起來

本來她就沒有對這些人抱有多大的期望，主動將話題帶往推理的方向，不過是想藉機洗清尤亞的嫌疑，以及……

引誘某個男人出手解謎罷了。

她抬起視線望向教室後方，只見夏冬青仍一如往常地安睡在臂彎，連頭都沒抬一下，似乎完全不在意這起離奇的竊盜事件。

——果然是這樣嗎？

沐荻伶壓下嘆息，無奈地搖搖頭。

要期待夏冬青挺身而出、神奇地將案件偵破，看來是沒可能了。就只能試著用正規的手段逐步釐清疑點、找出真相了。

沐荻伶隱隱有種感覺，如果不靠自己找出犯人，而是交給校方或警察的話，這起事件恐怕很難有個好結果。

因為目前所有的線索，不論是熟知校外旅行費用存放的位置，還是僅偷走紙鈔的部分——都指向「犯人有很大機率出自班級內部」這項事實。

偷走校外旅行費用的人，就存在這些人之中。

沐荻伶以冰冷的目光掃過臺下數十名同學，信手拾起班導師遺留在講桌上的麥克風。

以指尖輕敲麥克風的收音頭，刺耳的嗡鳴聲立刻響徹全場。

「請大家安靜一下。」沐荻伶展開笑容，將大肆瀰漫的浮躁氣氛強壓下去。

「繼續用這種漫無目標的方式討論，過再久也很難得出結果。時間寶貴，能請大家稍微配合一下嗎？」

女孩溫和中帶著強硬的態度，立刻讓現場音量降低不少。確認秩序恢復後，沐荻伶轉身從板溝裡拿起一根粉筆。

「接下來，如果有人有什麼想法，請以舉手發言的形式發表意見，我會把相關資訊記錄在黑板上。」

一邊說著，沐荻伶一邊在黑板上簡略寫下幾個已知的線索，分別為——

一、校外旅行費用被偷了（只有紙鈔），沒有其他東西失竊。

二、作案時間推估為體育課期間。

三、門窗、鐵櫃全部有上鎖，鐵櫃沒有發現被破壞的痕跡。

四、走廊方向的監視器沒有拍到有任何人進出教室。

五、那筆錢沒有藏在班上同學的抽屜或書包裡（經老師檢查後確認）。

「目前所知資訊，大概就是這些了。」沐荻伶放下筆，並退後一步，「有人要補充什麼嗎？」

「那個，我有件事情想問。」擔任班長的女孩再次舉起手，「我記得平時保管教室鑰匙的人是李靜同學，為什麼今天負責開門的是尤亞呢？」

「平常的確是我保管的沒錯。」李靜點點頭，正面肯定這個疑問。

為了參加田徑隊的訓練，她早上都會提早到校，放學後也會停留大約一個小時左右，因此被老師賦予開關教室門鎖的責任，這是眾所周知的事實。

「不過因為今天輪到我值日，要幫忙歸還體育器材，所以我把鑰匙拿給尤亞請她幫忙開門，這樣才不會讓大家在教室外等太久。」

「是這樣嗎？」聽完李靜的陳述，沐荻伶向擔任體育股長、身材高大的金髮男孩投以詢問的視線。

「沒錯哦，體育課結束之後，李靜同學就一直和我、還有另一個值日生待在一起，然後歸還完器材的時間大概是……上課鐘響後一分鐘左右吧？那之後我們就直接回教室了。」金髮男孩思考了一會兒，接著展開穩重的笑容。

「這點我和另一個值日生都能作證，妳說對吧，青雪同學？」

坐在他身邊、被擅自拖下水的短髮女孩不耐地移開視線，毫不掩飾地嘆了口氣。

「……對。」

儘管得到兩個人的證詞，班長還是不放棄地繼續提出假設，「那有沒有可能是某個人趁尤亞不注意的時候，把鐵櫃和教室的鑰匙都拿走。順利解開門鎖，偷走校外旅行費用之後，再神不知鬼不覺地把鑰匙放回去呢？」

「這種手法實行起來很困難。」沐荻伶理性地分析，「考量到尤亞的脫線程度，並非沒有那種可能性。但要是真的這麼做，無論如何都會被監視器拍到才對。」

「對欸……監視器什麼都沒拍到……」意識到自己的推論不成立後，班長洩氣地低頭。

「那句話的意思是說，我真的有可能脫線到那種程度嗎？」尤亞指著臺上的沐荻伶，回頭望向李靜。

「嗯，就是這個意思。」李靜冷靜地點點頭。

「沐荻伶同學，我也有個想法。」這次換擔任體育股長的金髮男孩舉手。

得到沐荻伶的首肯，他緩緩起身，目光移向窗外。

「雖然走廊那側的門窗都有上鎖，監視器也沒能拍下任何人進出教室的畫面，但我認為這只是個『不完全密室』。」

「意思是說……？」沐荻伶挑起眉梢。

「意思是說，犯人還可以用另一條路線入侵教室。」金髮男孩用拇指比了比教室另一側的窗戶，「從那邊爬上來，就可以避開監視器和門鎖了。」

「呃，你指的是那排窗戶嗎？」李靜忍不住提出質疑，「這裡可是三樓哦？而且我們學校的建築物，也不是什麼說爬就能爬得上去的東西吧？」

「沒問題，三樓的話還挺輕鬆的。」金髮男孩不以為意地笑了笑，在身前握緊拳頭，「我自己就試過幾次，對吧，青雪同學？」

又被叫到名字的短髮女孩白了他一眼，還是不情不願地點點頭。

「三樓的話，確實辦得到。」

「真的辦得到嗎……？」沐荻伶深感懷疑地歪頭，但既然有複數的人出言佐證，繼續在這點糾結下去也沒有意義。她暫時把「普通人能不能輕鬆爬上三樓」的疑問拋在腦後，轉而提出另一個問題。

「從那裡爬進教室之後呢？犯人是怎麼在沒有鑰匙的情況下，把現金從鐵櫃裡偷走的？」

「我知道了！」沉默許久的陸仁甲跳起來，大步穿過成排的課桌椅，來到一人高的鐵櫃前。

他當著全班的面打開櫃門，展示幾乎空無一物的鐵櫃內部。

「這個櫃子，平常除了一些考卷和粉筆以外幾乎不會放其他東西，再加上櫃體本身是薄鐵皮的材質，重量很輕，並且每個班級都會有一個。」

陸仁甲說著，得意地挺起胸膛。

「如果犯人是用別班的鐵櫃來掉包，就能在不打開櫃門的前提下取出裡頭的現金了。具體來說，就是把鐵櫃帶到其他地方破壞、分解，再用另一個裡頭放著差不多東西的鐵櫃來取代就行了。」

「不可能。」一向對所有推論抱持開放態度的沐荻伶，乾脆地否決這個猜想。

「咦？為什麼？」

「扛著那種鐵櫃爬上三樓，已經不是一般人能做到的範疇了吧？就算那個櫃子再怎麼輕也一樣。」沐荻伶淡淡表示。她眼神一轉，望向擔任體育股長的金髮男孩，「還是其實做得到？」

「就算重量真的很輕，要是體積太大的話，一個人也不可能搬著爬牆的。」金髮男孩無奈地苦笑，又旋即露出深思的表情，「但如果把鐵櫃用繩子綁在背後，雙手戴上防滑手套，說不定……」

「一般人辦不到，別瞎說。」被稱作青雪的短髮女孩瞪了他一眼，面無表情地搖搖頭。

「也是。」金髮男孩聳聳肩，「那就當作辦不到吧。」

——這種講法，意思是你來的話就辦得到嗎？

沐荻伶又狐疑地看了金髮男孩兩眼，才把視線移回陸仁甲身上。

「很遺憾，這個理論實在太異想天開了，沒什麼討論的價值，而且也沒辦法解釋為什麼尤亞的鑰匙能打開鎖頭。」

「鎖頭？什麼鎖頭？」意見被一再否定的陸仁甲垂頭喪氣地問。

「就是鐵櫃門的鎖頭。」沐荻伶指指掛在櫃門上的老式扣鎖。

「如果真的是用另一個鐵櫃掉包的，用尤亞那把鑰匙應該打不開才對。反過來說，如果犯人連鎖頭都能複製，那也沒必要掉包鐵櫃，直接拿複製的鑰匙開鎖不就行了？」

「咦？難道說，犯人是用某種辦法複製鑰匙，再從窗外爬進來行竊的嗎？」李靜敏銳地想到另一種可能性。

「這就是我們接下來得搞清楚的事了。」沐荻伶點點頭，轉而望向尤亞。

「尤亞，鐵櫃的鑰匙妳平時是放在哪裡？」

「平常嗎？都跟我自己的鑰匙串在一起啊。」尤亞摸索著從口袋掏出鑰匙串，除了色澤各異的數把鑰匙外，還有一個可愛的兔子吊飾掛在上頭。

「最近這幾週，妳有把鑰匙弄丟過嗎？或是長時間沒帶在身上之類的？」

「好像沒有欸。」面對沐荻伶的詢問，尤亞努力歪頭回想。

「待在家裡的時候我不敢說，不過只要一到學校，我都會把鑰匙收在口袋或書包裡，基本上沒有弄丟過哦。」

這下子，好不容易有點進展的推理又繞回死胡同，察覺到這點的李靜等人陷入沉默。

「說起來，這種老式鎖頭，要用工具撬開其實不難吧？」半晌後，李靜才遲疑地說道，「會不會……犯人其實是從窗戶爬進教室，再用鐵絲之類的東西把鎖撬開的？」

「好、好像挺有道理的？」

「真要講的話，這種方法感覺是可行的哦！」

「我有看過電影，聽說用髮夾也能開鎖？」

這個看似合理的推測，立刻迎來班上多數同學的認可。針對「從哪扇窗戶更有可能爬上來」以及「用哪種工具撬開鎖頭」的問題，眾人展開熱烈討論，教室內頓時充滿嘰嘰喳喳的交談聲。

看著這幅景象，沐荻伶暗暗嘆了口氣。

——一群高中生能得出的結論，大概也就是這種程度了嗎？

她默默放下手中的粉筆、沉澱思緒，將周圍的嘈雜隔絕在外。

李靜的推論，雖然是截至目前為止可行性最高的說法，但仍然無法解釋一件相當關鍵的事實——整間教室，只有校外旅行費用的「紙鈔部分」被偷走了。

如果犯人真是用「爬牆」加上「撬鎖」的方式行竊，大可把所有有價值的東西通通偷走，至少沒必要把手掌大小的塑膠零錢罐和裝鈔票的信封袋特地留在現場，這兩樣東西就算一起帶上也不怎麼礙事。

換句話說，犯人行竊的最終目的很可能不是錢財。或者說，金錢只是他的目標之一，在此之下或許還藏有更深層的意圖。

「過往許多推理作品，經常會提到三種經典的解謎元素。」沐荻伶重新拾起粉筆，在黑板上寫下三行文字。

兇手是誰（Whodunit）、作案手法（Howdunit）、作案動機（Whydunit）。

女孩此刻散發的氣息，讓原本鬧哄哄的教室迅速安靜下來。逐步勾勒文字的沐荻伶，讓人聯想到即將宣布預言的希臘女神，舉手投足間綻放令人折服的光芒。

「以這起事件來說，比起前兩者，我認為調查『作案動機』才是逼近真相的關鍵。」沐荻伶以指節輕敲黑板，靜靜說道，「只要搞清楚犯人的作案動機，接下來要順藤摸瓜地查出『兇手是誰』和『作案手法』就很容易了。」

「妳這麼說，是認為李靜提出的犯罪理論是錯的嗎？」許久未開口的陸仁甲，忍不住提出疑問。

「與其說是錯的……這個理論沒辦法解釋，為什麼犯人只偷走信封袋裡的紙鈔，甚至連放在旁邊的零錢罐都沒碰。」沐荻伶用紅色粉筆圈起先前列在黑板上的第一條線索——校外旅行費用被偷了（只有紙鈔），沒有其他東西失竊。

「如果犯人真的擁有徒手爬上三樓、撬開扣鎖，突破『不完全密室』的高超身手，多帶一個塑膠零錢罐應該不是難事才對，然而他並沒有這麼做。」沐荻伶目不斜視地望向全班同學。

「這種行竊方式，簡直就像在表示『這些錢就夠了』，和一般闖空門竊賊的心理完全不一樣。」

「可是……如果不是為了錢，犯人又為什麼要把校外旅行費用偷走呢？」

「這就是我一直想不透的地方。」面對班上某位同學的質疑，沐荻伶的眼神黯淡下來。

「明明完成了難度這麼高的密室作案，偷走的東西卻只有一部分現金……」

——究竟是基於什麼樣的理由才會做出這種事？

沐荻伶沒把疑問的後半句說出口，自然無法得到任何答覆。

曾經一手策畫「櫻樹下的幽靈」事件的她，心思遠比一般高中生更為縝密，卻仍難以參透犯人這看似矛盾的作案動機。

對她來說，「只偷走一部分現金」的現況，比起「密室行竊」更顯得謎團重重。

「還有，關於『兇手是誰』的部分。」思索半晌，沐荻伶再度用粉筆敲敲黑板上的字樣，繼續說下去。

「就結果來看，犯人只偷走信封袋裡的現金，代表他很可能已經摸透尤亞平時收納東西的習慣。換句話說，犯人是學校相關人士、甚至是本校學生的可能性很高。在這個前提下，我實在想不出有什麼可能的人選，能在光天化日下爬上三樓，再神不知鬼不覺地開鎖行竊。」

相較眾人各種天馬行空的想像，沐荻伶這番言論可說是無比中肯。茗川高中畢竟只是個小學校，就算把全校師生都算進去，也不太可能出現如此超乎想像的人物。

這麼一想，李靜那看似可行的犯罪理論就顯得有點牽強了。

「綜上所述，我認為『犯人從三樓的窗戶入侵』的論點，實行起來難度太高，也不太符合犯人應有的身分和作案動機。」沐荻伶平靜地總結。

「可以的話，請大家再想想看有沒有其他線索，就算是微不足道的事情也沒關係。如果有任何值得注意、卻被我們忽略的地方，請務必提出來和大家討論。」

教室內數十名同學你看看我、我看看你，就是沒人出言回應沐荻伶的詢問。

——差不多到此為止了嗎？

沐荻伶垂下眼簾。

本來推理、破案就不是這群高中生的本業，要他們在數十分鐘內解開這起竊案，確實有點強人所難。

再加上繞了一大圈又回到原點的徒勞感，在此刻化為強烈的低氣壓籠罩整間教室，原本尚算熱絡的討論氣氛一下子跌入谷底。如果這麼繼續下去，花再多時間恐怕也很難得出結論。

沐荻伶由左至右、仔細掃視班上每個同學的臉龐，最後將目光停留在尤亞身上。

平常總是對這類話題很感興趣的她，此刻卻意外地老實，不僅沒有纏著夏冬青問東問西，連剛才的討論都幾乎沒參與。

尤亞緊繃著肩膀縮在座位上，看起來有些心神不寧，不住游移的視線更給人一種「想說什麼又不敢說」的感覺。

「尤亞，妳有什麼想法嗎？」

「那個……」和沐荻伶對上視線，尤亞張了張嘴，欲言又止的神色愈發強烈。

「有想法就說出來吧，反正我們暫時也找不到其他線索了。」沐荻伶無奈地笑笑，將手上的粉筆放回板溝。

在她的鼓勵下，尤亞才終於下定決心般地直起身，用力清了清喉嚨。

「大家有沒有聽過茗川七大不可思議的『借物靈』傳說？」

「借物靈？」

「那是什麼啊？」

「類似幽靈的那種校園都市傳說嗎？」

萬萬沒想到尤亞提起的居然是這種話題，班上同學紛紛發出疑惑的鼓譟。

「那個傳說的內容是這樣的……」尤亞鼓起勇氣，以堅定的話語排開周圍的噪音。

「我們在學校的時候，不是常常會弄丟一些小東西嗎？像是筆、鑰匙或橡皮擦之類的，明明要找的時候怎樣都找不到，隔幾天後，那些東西卻又會突然出現在眼前，簡直就像被某種看不見的東西借去用了一樣。」

聽完尤亞這番陳述，教室一下子安靜下來。

雖然「借物靈」的傳說乍聽之下有點離譜，但這種經歷每個人都會遭遇個一、兩次，所以也沒辦法立即否認其存在的可能性。

「既然我們一時間找不回那些現金，以現有的線索也很難推導出打破這個密室的犯罪理論，那是不是只能從別的方向切入思考了呢？比如說，呃……『偷走校外旅行費用的，其實不是人類』？」儘管臉上滿是不確定，尤亞還是強笑著這麼猜測。

「這時候我就想到那個『借物靈』傳說。」

「尤亞，妳真的知道妳在說什麼嗎？」沐荻伶眉心微蹙，似乎頗難認同尤亞提出的見解。

然而尤亞沒有因此退縮，打開話匣子的她，緊接著繼續說道，「大家想想看，就算這個密室對人類來說幾乎不可能打破，如果把對象換成是幽靈、神怪之類的，一切就都能說得通了對吧？像是『現金為什麼會從上鎖的鐵櫃裡憑空消失』『犯人只偷走紙鈔的目的是什麼』，這些疑點，都可以用『借物靈』來解釋啊！」

尤亞緊抓著制服領口，激動起來的情緒讓她過了幾秒才好不容易緩過氣。

「我知道這聽起來很像在鬼扯，但現在看起來，真的是『借物靈』的怪談在作祟的可能性也不是沒有，不是嗎？」

「可是，如果錢真的是被借物靈拿走的，我們該怎麼辦？」某位同學忍不住插口問道，「校外旅行費用收款的截止日期，就是明天欸？在那之前要是沒把錢找回來的話……」

「再怎麼說，應該也不會演變成去不了校外旅行的情況。我們該做的防範措施都有做足，就算錢被偷了，責任也會歸於校方，這點倒是不必擔心。」沐荻伶很快地做出回應，她冷靜地抱起雙臂，斜倚在黑板一角。

「不過剛剛那個問題也問得挺有道理的。尤亞，如果那筆錢真如妳所說是被借物靈偷走的，妳打算怎麼做？」

「什麼都不做哦。」尤亞搖搖頭，看淡一切般地攤手。

「既然是被『借』走的，那就貫徹不推理、不追查的原則，等時候到了，那筆錢自然會回來。」

「借物靈嗎……」擔任體育股長的高大金髮男孩抓抓頭，往鐵櫃的方向多看兩眼，「感覺不像啊？」

「你別多嘴。」坐在他身旁、名為青雪的女孩一瞬間透出冰冷的視線，讓金髮男孩警覺地閉上嘴。

正當眾人還在為「借物靈是否存在」議論紛紛時，沐荻伶緩步走下講臺，穿過走道，來到夏冬青的座位前。

擁有一頭柔順黑髮的男孩，此刻也一如往常地趴在臂彎內，將一切隔絕在外。剛才那陣騷動不僅沒有驚動到他，就連沐荻伶來到面前時，夏冬青也沒有做出任何反應，只是任由背脊在規律的呼吸下緩緩起伏。

「你其實醒著吧，夏冬青。」沐荻伶輕敲桌面，將些許震動傳到男孩的臂彎間。

過了一會兒，夏冬青才緩緩抬起頭。

和平常睏倦的模樣不同，此時的夏冬青看起來相當清醒，沐荻伶甚至能從他的目光深處窺見隱隱冉動的火光。

毫無疑問，那是「找到解答」的眼神。

「想到什麼了嗎？」沐荻伶蹲下身，悄聲問道。

「不，沒什麼。」夏冬青瞥了下四周，緩緩搖頭。

沐荻伶這個顯眼的動作，讓全班同學的視線不約而同地集中過來，所有人像是終於想起班上有這號人物般，向夏冬青投以期待的目光。

就算「櫻樹下的幽靈」事件的解決過程沒有公開，夏冬青也依舊保有「剛入學就破解茗川七大不可思議」的頭銜。在這樣的前提下，不論他此刻說了什麼都極有可能被放大檢視，甚至被當作最終解答來看待。

這恐怕就是夏冬青不肯輕易發言的原因。

沐荻伶自然知道生性低調的夏冬青，絕不會在受人注目的狀況下做出推理，卻也沒打算因此放過他。

「別想逃。」沐荻伶輕聲說道，雙眼中透出一絲告誡。「你仔細看看周圍。」

夏冬青不動聲色地轉動目光，在沐荻伶刻意的引導下，全班數十位同學的視線像是長槍般將他們團團圍住。兩人的一舉一動，全都映照在所有人眼裡，沒有任何閃躲的餘地。

「明白了吧？」沐荻伶湊到夏冬青耳邊，悄聲低語，「你要是不在這邊給大家一個交代，待會肯定會有人跑來問個沒完，畢竟你可是『那個夏冬青』呢，對於這種校園竊案，不可能連半點想法都沒有的，對吧？」

夏冬青嘆了口氣，並沒有因為少女湊近到鼻息相聞的距離就失了魂，反而露出無比疲倦的神色。

「所以我才討厭跟這群人打交道。」他輕推沐荻伶的肩頭，示意對方離開自己身邊。知道自己的目的已經順利達成，沐荻伶展開滿意的微笑，靜靜直起身。

「那個……是叫夏冬青對吧？」擔任班長的女孩遲疑地打破沉默。

「你覺得犯人是怎麼把校外旅行費用偷走的呢？或者說……剛剛大家那些推論，你有覺得哪個可能性比較高嗎？」

——很遺憾，那些推理全是錯誤的，真相其實是……

當所有人都滿心期待夏冬青會講出上述臺詞，展開名偵探般的推理時，他卻給出讓眾人跌破眼鏡的答案。

「剛剛那些推論嗎……非得要選一個的話，我支持巧克力螺旋捲的理論。」夏冬青說著，抬手比了比滿臉錯愕的尤亞。

「咦？我的嗎？」尤亞呆呆地張大嘴巴，「我的……『借物靈論』？」

「嗯。」夏冬青點點頭。

聽到這個意料之外的回答，尤亞一下子手忙腳亂起來。

「那個……不推理、不追查，時候到了，錢自然會回來的理論？阿青，你認真的嗎？」

「當然是認真的。」夏冬青打了個呵欠，臉上完全看不出半點「認真」，「我記得校外旅行費用的最後繳交日期，是明天對吧？」

「對，但是……」看他如此漫不經心的態度，就連一向自持的李靜也忍不住插口，「夏冬青，你真的認為借物靈那種東西存在嗎？」

「不要誤會，我沒有說借物靈是真的。」夏冬青搖搖頭，示意她別急著下定論。「我認同的部分是對於這起事件，不推理、不調查，才是最省事的選擇。」

「你的意思是說，要把調查工作全權交給校方嗎？」李靜皺起眉頭，「雖然也不是不能理解，但剛剛發生的事你也看到了，交給那群大人的話，一個弄不好，說不定又會演變成要我們互相指證的狀況哦？」

「或許吧。」夏冬青淡淡別過眼神。

「不過說到底，這件事本來就沒有調查的必要。」

「沒有調查的必要？我們班可是有一大筆現金被偷走了哦？」李靜一拍桌角，不禁有些激動，「要是錢找不回來，得全員補繳的話，又是一大筆錢耶！」

「前提是『找不回來的話』，對吧？」沒有因為對方咄咄逼人的態度而退縮，夏冬青不冷不熱地回答，「沒猜錯的話，消失的現金，最晚應該在明天就會回來了，所以沒有必要費工夫去調查。」

「現金會……自己回來？為什麼？你怎麼知道？」

「嗯。」夏冬青有意無意地瞥了尤亞一眼，隨即垂下眼簾。「那筆錢，你們就當作跟巧克力螺旋捲說的一樣，是被借物靈借走的好了。」

「喂，你是認真的嗎？」李靜咬緊牙關，自己的提問被這種方式敷衍過去，讓她難以接受。

「當然是認真的。」夏冬青趴回臂彎間，沒有理會眾人集中過來的視線。

「讓巧克力螺旋捲把信封袋放回櫃子裡鎖好吧。除此之外，我們也沒有其他能做的事了。」

這段大出所有人意料的言論，立刻在教室內掀起一片嘩然。

聽著身後逐漸高漲的議論聲，沐荻伶微微瞇起雙眼。

——明天就會回來了。

她一面琢磨夏冬青這句話的涵義，一面默默走回講臺，用板擦將黑板上的文字一一擦去。

畢竟是那個男人做出的結論，肯定有相應的道理存在。既然他說那筆錢明天會回來，就代表他已經獲得足以佐證這個說法的線索。

到底是什麼原因，讓夏冬青選擇支持尤亞的「借物靈論」？難道自己漏掉什麼關鍵之處嗎？

藉由擦黑板的動作，沐荻伶再次審視目前已知的所有線索。

首先是第一條——**整間教室，除了放在信封袋裡的現金外，沒有其他東西失竊**。

這代表犯人的目標很可能不是金錢，或者說「不是全部的現金」，否則他大可把放在旁邊的零錢罐一起帶走。

教室的窗簾是全部拉上的，犯人有充分的條件行竊，但他連同學們的座位都沒有翻動，只帶走部分現金，這又是為什麼？

接著是第二條——**作案時間推估為體育課上課期間**。

這點雖然沒有經過實質查證，但沐荻伶可是親眼看著尤亞把信封袋和零錢罐放入櫃裡上鎖的，結束課程回到教室後，尤亞就發現信封袋裡的錢不見了。因此關於作案時間，應該沒必要質疑才對。

那麼第三、第四條呢？

「門窗、鐵櫃全部有上鎖，鐵櫃沒有發現被破壞的痕跡。」沐荻伶喃喃說著，把第三行字跡擦去。

「還有……走廊方向的監視器，沒有拍到任何人進出教室的畫面。」

第四行文字，也迅速被板擦抹除。

以上兩點，打消了犯人透過一般出入手段入侵教室的可能性。門窗的鎖自然不必說，監視器畫面更是由班導師親自確認，這兩條線索應該沒什麼可懷疑之處。

最後是——被偷走的那筆錢，並沒有藏在班上同學的抽屜或書包裡。

沐荻伶在這邊稍微停了停，眉心一緊。

「沒有發現被偷走的那筆錢」是不是就代表……犯人其實不存在於班上同學之中？

貌似合理的推論，卻迅速被某種異樣感覆蓋過去。

不論是熟知尤亞的收納習慣，還是抓準全班離開教室的時機作案，種種跡象都顯示，犯人很可能就隱藏在班上。

在這樣的前提下，班導師的地毯式搜查卻一無所獲？

直到擦去黑板上的最後一個粉筆字，沐荻伶仍沒有找到問題的解答。

最後，這場以破案為目標的班級會議，就在班導師回到教室的那刻，正式宣告完結。

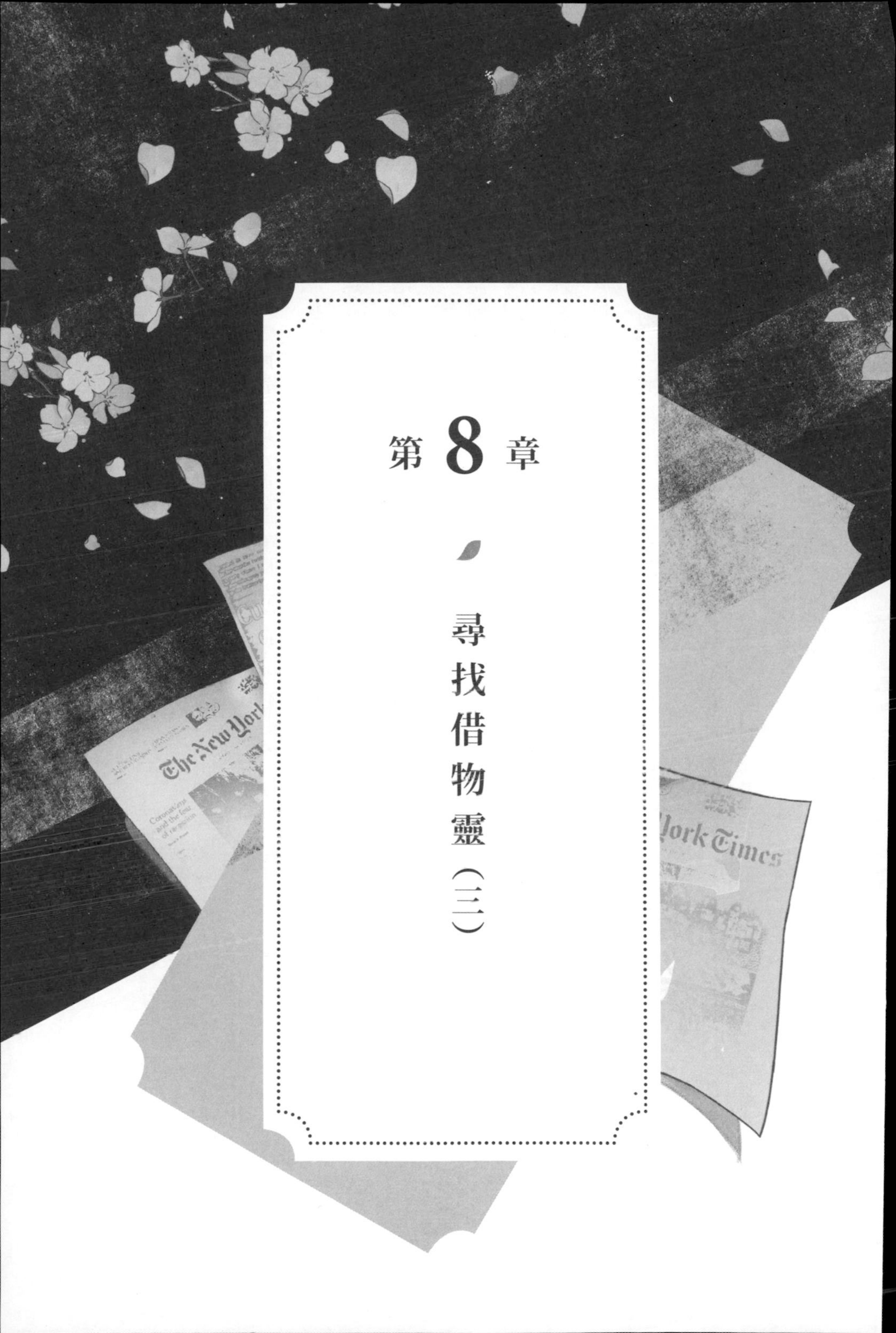

第8章

尋找借物靈（三）

隔天一早，沐荻伶依舊維持平時的習慣，趕在遲到的鐘聲響起前踏入教室。

然而今天的情況卻有些不同。

才剛進門，她就發現教室角落聚集了一小群同學，七嘴八舌地爭論某個話題。而夾在那十數人中間的，正是滿臉不知所措的尤亞。

沐荻伶心中一凜，不動聲色地緩步靠近人群。

「尤亞，發生什麼事了嗎？」

在這聲招呼下，尤亞急急回過頭，眼神大為動搖。

「小伶？」

「啊，是沐荻伶同學。」

「那個東西，要不要請她看看？」

注意到來者是沐荻伶，擁擠的人牆迅速排開，眾人紛紛向她投以期待的視線，像是迎接救世主般，主動讓出一條道路，

「怎麼大家都擠在這裡？」沐荻伶展開微笑，從容不迫地來到尤亞身邊。

直到此刻，她才發現眾人聚集的位置，正好位於教室角落的鐵櫃前方。

而用來收納現金和少部分文具的鐵櫃此時正敞開著，扣鎖連同鑰匙被放在一邊，明顯是剛被尤亞打開不久。

「那個……」尤亞僵硬地轉過臉龐，與沐荻伶四目相對。

「回、回來了。」

「什麼東西回來了？」儘管大致猜到騷動發生的原因，沐荻伶還是柔聲問道。

「校外旅行的費用。」尤亞顫抖著遞出手上的牛皮信封袋，從敞開的袋口能看見裡頭塞滿一整疊千元鈔。

「今天早上我跟小靜一起來學校的時候，鎖頭還是鎖著的，所以就沒有多想。直到剛剛大家提議要不要把鐵櫃打開看看，結果……」

「錢就自己回來了嗎？」沐荻伶呼出一口氣，輕輕垂下肩膀。

她裝作不經意地往教室後方一瞥，只見夏冬青維持他的招牌補眠姿勢，將臉龐埋在臂彎間悶頭大睡，完全沒有要理會這邊的意思。

「數目對得上嗎？弄丟的錢和回來的錢金額是一樣的嗎？」沐荻伶收回視線，定睛望向尤亞。

「我還沒仔細算，不過看起來厚度差不多。」尤亞喃喃說著，用指尖往袋口翻了翻，「為什麼會這樣……」

——這個問題，恐怕得問那個男人才會知道了。

沐荻伶笑了笑，將一瞬間沉下的臉色徹底抹除。

「既然找回來了，就趕快把錢拿去給老師吧，免得等一下又出什麼岔子。」

「可是，老師說他今天不會來學校……」尤亞猶豫了一會兒，才下定決心地點點頭，「我直接拿去辦公室吧？」

「嗯，妳等我一下，我跟妳一起去。」沐荻伶快步回到自己的座位上，把書包放下。

雖然很想馬上去逼問夏冬青，但保險起見，現在最好將「把這筆錢交上去」視為第一優先，以免時間拖長之後，又發生什麼預料之外的事。

這麼想著的沐荻伶轉身率先往門口走去，尤亞見狀也連忙擠出人群，緊抓著信封袋往她背後追去。

「大家趕快回位置上吧，我們馬上回來。」臨走前，沐荻伶向仍聚集在鐵櫃旁的眾人露出微笑，「課堂老師問的話，就說我們去辦公室出公差了。」

「好的，那就麻煩妳們了。」擔任體育股長的金髮男孩點點頭，在額前比了「了解」的手勢。

在她的驅趕下，為了看熱鬧而聚集在鐵櫃旁的人群迅速散開，室內也很快回歸平靜。

直到上課鐘聲敲響那刻，趴在臂彎間的夏冬青才緩緩抬頭，朝敞開的鐵櫃望去。定睛注視了兩、三秒後，他默默閉上眼，再次回歸沉睡。

◆

結果一直到午休時間，沐荻伶都沒能跟尤亞說上話。

交完校外旅行費用之後，身為班級總務的尤亞被負責收款的老師單獨留下來問話，無可奈何之下，沐荻伶只能獨自返回教室。

這一等，就是足足整個上午。

根據班長打聽到的消息，各處室的職員正輪流向尤亞了解情況，甚至重新調閱一遍這兩天的監視器畫面，只為了弄清楚那筆現金是如何消失、又突然出現的。

然而興師動眾的調查結果似乎仍不盡人意，一直到午休期間，校方都遲遲沒有發布任何消息。除了把尤亞放回教室外，各處室都沒有進一步的動作，這讓相信只要校方插手，事件就會獲得解決的同學大失所望。

很快的，茗川高中新聞社的網頁也迅速跟進，釋出一篇標題為〈借物靈現身?!一年級教室爆出上萬元現金遭竊〉的短篇報導。

礙於時間問題，整篇文章的內容顯得有些潦草，但裡頭仍盡可能詳實地記錄整起事件發生的過程，並誇張地以「突破不可能的密室?犯人是源於茗川怪談的『借物靈』?!」作為收尾，完美展現新聞社那惟恐天下不亂的自媒體風格。

「真是群嗅覺敏銳的傢伙。」沐荻伶冷著臉，把閃爍亮光的手機放下。

午休期間，大部分同學都趴在桌面上休息，補充下午上課所需的體力。燈光全滅後，教室內一片昏暗，靜謐的氣氛四面環繞，就連沐荻伶悄悄回過身，髮絲拂過制服肩膀處的輕響都依稀可聞。

她下意識往教室後方望去，卻沒有如預期地找到夏冬青的身影。

與其說沒有找到……夏冬青只是不在座位上而已。

在短短一瞬間，沐荻伶清楚捕捉到男孩獨自步出教室的背影，從那纖瘦又有些沒精神的身形判斷，那人無疑是夏冬青沒錯。

究竟是基於怎樣的理由，會讓他願意犧牲寶貴的午休時間？

沐荻伶一邊注意不要發出聲音，一邊推開椅子悄悄起身。

她有預感，夏冬青的去處，和這起「借物靈事件」多半有密不可分的關聯。

——否則還真難想像那個男人放棄睡眠的樣子。

沐荻伶輕咬嘴唇，像貓一般地悄聲掠過教室，往夏冬青離開的方向追去。

緊跟著夏冬青的足跡踏過走廊、爬上樓梯，為了不引起過大的動靜，刻意放慢腳步的沐荻伶好幾次差點追丟。幸好對方的步伐也不算快，她才能一直以不近不遠的距離盯住夏冬青，直到他拉開通往屋頂的鐵門、消失在門後為止。

因為不確定校舍頂樓的狀況，沐荻伶沒有選擇貿然闖入，而是將厚重的鐵門拉開一條細縫，側身向裡窺探。

只見頂樓天臺除了夏冬青外，還有另一道熟悉的身影。

理應待在教室的尤亞獨自靠在欄杆旁，一頭微捲的及肩短髮在風中微微搖曳。平常總是滿載好奇心的雙眼，此刻卻透出五味雜陳的神色。

「果然在這裡嗎？」夏冬青撥開垂落額前的瀏海，淡淡拋出話語。

在這聲招呼下，尤亞嚇得渾身一震，急忙轉過身。

「阿青？你怎麼會……」

「巧克力螺旋捲。」夏冬青打斷尤亞問到一半的問題，逕自走到她身邊，「妳前幾天撿到的那隻得了腸炎的小狗，現在狀況如何？」

「牠現在……還、還好啊。」尤亞眼神游移，隱隱露出心虛的神色。「昨天已經出院了，目前暫時待在我家休養。等到完全康復之後，我會帶牠來動物救援社跟波可作伴……大概是這樣的規劃哦。」

「是嗎？」夏冬青駐足在天臺邊緣，隔著胸口高度的欄杆俯視校園。

「那就太好了。」

「嗯，總算是有驚無險吧。」尤亞點點頭，雙手緊抓住制服裙下襬，「不過，阿青怎麼會知道那隻狗狗的事啊？」

「昨天早上來學校的時候，剛好聽到妳跟沐荻伶聊天。」夏冬青簡短解釋一句，便沉默下來。

尷尬的氣氛迅速在兩人間蔓延，尤亞左看看、右看看，掙扎數秒後才鼓起勇氣開口，「那個……阿青也對狗狗感興趣嗎？不介意的話，可以一起來幫牠想名字哦！」

「不，不用了，我不是為了狗的事來找妳的。」

「哎呀，阿青真傲嬌，喜歡狗狗的話可以直說啊，本社長可以破例封你為榮譽社員哦？」尤亞半開玩笑地用手肘頂了頂夏冬青，卻被他回以平淡卻意味深長的目光。

「怎、怎麼啦？阿青？你這樣看著人家，感覺很害羞欸……」

「抓到了。」沒有理會自顧自地摀住臉頰的尤亞，夏冬青靜靜開口。

「抓到……什麼東西？」尤亞疑惑地眨眨眼，隔了一秒才發現自己的手腕已經被夏冬青牢牢抓住。

「借物靈。」夏冬青凝視尤亞，沒有給她任何逃避的機會。

「那些消失的現金就是妳拿走的，我說的沒錯吧，巧克力螺旋捲？」

周遭的空氣瞬間冷卻下來，即便正午的陽光煦煦灑落，校舍樓頂的溫度卻一下子溢到谷底。

「啊……嗚……那個……」尤亞慌亂地別開眼神。

吞吞吐吐好一會兒，她才放棄似的低下頭，「你是……什麼時候發現的？」

「大概在妳說『不見了，全班的校外旅行費用』的時候。」

「真的假的？那不就是一開始嗎?!」

「當然是假的。」夏冬青鬆開尤亞的手腕，若有似無地勾起嘴角，「這種話妳也信？」

「我想說如果是阿青的話，說不定早就看透了……」尤亞脫力地垂下肩膀。

過了一會兒，她才抬起頭，露出央求的目光。

「所以是什麼時候發現的？告訴我嘛。」

「其實也沒有一個特定的時間點。」夏冬青靠上欄杆，沒什麼精神地打呵欠。「硬要說的話，大概是妳提出『借物靈論』的時候吧。」

「咦？那個時候嗎？」

「嗯。」夏冬青一邊微微頷首，一邊抬起手指，讓指尖滑過欄杆，「所謂推理，本就是在收集到充足的資訊、排除各種可能性後才能得出結果的一種論證法，那種『一眼就能看穿真相』的偵探，現實世界是不存在的。這次我也是花了點時間才慢慢找到答案，過程和妳想像中的『早就看透』肯定不太一樣。」

——不過比起「櫻樹下的幽靈」，這起事件調查起來還是簡單多了。

夏冬青隨口補上一句，便漫不經心地玩弄起沾上些許灰塵的指尖，似乎沒有要繼續這個話題的意思。

這下換尤亞有點憋不住了。她不悅地鼓起臉頰，抓住夏冬青的衣角用力搖了搖。

「阿青，你還沒說完。」

「……說完什麼？」

「你是怎麼發現……犯人是我的？」尤亞別開眼神，有些難以啟齒地問道。

「其實也沒什麼難的。」夏冬青像是在說「地球怎麼可能不是圓的」般，以理所當然的口吻回答，「因為妳是唯一一個存在『作案動機』和『作案手段』的人。」

「咦？光憑這樣就可以確定了嗎？」

「嗯，就跟沐荻伶他們分析的一樣，那個在體育課期間形成的密室，單憑一己之力是不可能突破的。就算可行，也很難想像犯人會為了這一點錢而大費周章。」夏冬青閉上雙眼，就事論事地說道。

「既然把作案時間設定在體育課期間無法得出結論，那麼，那筆錢很有可能是在放進鐵櫃之前就被偷了。換句話說——『那個鎖進鐵櫃的信封袋，打從一開始就是空的』。」

夏冬青睜開眼，與尤亞對上目光。

「要實現這種可能性，人選就只有負責保管校外旅行費用的妳了。要是偷走現金的另有其人，那把信封袋放進鐵櫃時，怎樣也該發現錢已經不見了，然而妳當時沒有類似的反應。」

「所以阿青才會認為犯人是我嗎？」

「還有，妳的『作案動機』也很明顯。」夏冬青繼續說道，口吻依舊平淡。「沐荻伶提到過，犯人只偷走部分現金的行為，很像是在表達『光這些就已經夠了』，實際上也確實是這樣。」

「阿青真的什麼都知道呢……」尤亞低下頭，勾起一抹苦澀的笑容。

「我沒猜錯的話，消失的那部分現金，是被拿去支付那隻小狗的醫藥費了對吧？」

儘管提出的是問句，夏冬青的語調卻無比肯定。

「醫治腸炎的藥物加上住院的錢估計高達數萬元，但透過募資和社團補助拿到的款項，最快也要昨晚才會入帳，這就是妳必須動用校外旅行費用的原因。」

尤亞默不作聲地別過臉，間接肯定了夏冬青的推論。

「原本到這邊都沒什麼問題，校外旅行費用的繳交期限是今天，而匯款的錢昨晚就會拿到，這中間的時間差足以讓妳把擅自挪用的金額補上，只是沒想到……」

「老師昨天突然要我馬上把錢收好交給他。」尤亞接著輕聲說道，聲音有些顫抖。

「吶，阿青，我這個人很糟糕對吧？明明當上班級總務，卻背叛大家的信任，做出這種事……」

「不只如此，妳還順勢在體育課期間引起騷動，強化自己的不在場證明，再用空的信封袋營造『現金鎖在鐵櫃裡』的假象，誤導大家針對密室做推理。」夏冬青迅速接過話頭，完全沒有要給尤亞留情面的意思。

「一切的一切，都是為了掩蓋真相，好拿『借物靈』的怪談當擋箭牌脫罪，我說的沒錯吧？」

這段一針見血的詰問，把整起事件做了完整的剖析，也將尤亞逼地無路可退。

陷入絕境的尤亞只能咬緊牙關，強忍即將奪眶而出的淚水。

「那……阿青，你打算把真相公開出去嗎？」

夏冬青凝目看著拚死抬起視線的尤亞，沒有馬上作答。停頓數秒後，他嘆了口氣，轉而提出另一個問題。

「巧克力螺旋捲，妳覺得妳這麼做，是正確、還是錯誤的？」

「……事情發生的當下，我覺得……」尤亞紅著眼眶，露出艱難的神情，「我覺得我別無選擇。」

「為什麼？」

「你人不在現場，可能沒辦法理解。」尤亞努力伸出雙手，白皙的十指在兩人的注視下微微顫抖。

「抱著那隻狗狗的時候，我可以感覺到牠的生命力一直在流失，原本還算強壯的身體變得軟軟的，好像有什麼東西被漸漸抽乾了一樣。」

像是抓緊某樣重要的事物般，尤亞將手掌緊緊交握在胸前。

「我知道牠還想活下去，就算被腸炎的病毒感染，一直吐、一直乾嘔，就算幾乎要把內臟都吐出來，那隻狗狗還是一直撐著沒有放棄。既然這樣，我怎麼可能放棄救牠！」

這幾天以來，每當尤亞閉上眼睛，垂死小狗殘留在掌心的觸感就會隱隱浮現，讓她不自覺地發抖。

「可是醫藥費好貴，真的好貴，打一針就要上萬塊，根本是開玩笑的吧？我怎麼可能一下子生出這麼多錢……但是醫生說狗狗年紀太小了，不馬上打針住院的話，可能很難撐過一天……」

夏冬青不發一語地望著尤亞，視線跟著滑下女孩臉頰的淚珠。淚水一路落到衣領，在那裡暈開一點一滴的水痕。

「我那時馬上開始籌錢，幸好有很多好心人願意幫忙，再加上社團補助金的話，應該勉強夠付。只是匯款的時間完全趕不上，所以我最後還是用了……用了大家託我保管的錢。」

顧不得滾落頰邊的淚水，尤亞懺悔地低下頭。

「全班……幾十個人的校外旅行費用，光是紙鈔的部分就夠了，這種時候才格外讓人意識到『團結力量大』的口號不是騙人的。」尤亞自嘲般地輕笑兩聲，嘴角卻依舊盈滿苦澀。

「和阿青想的一樣，我原本是打算等匯款進來，再把拿走的現金偷偷補回去的，沒想到老師居然要我提早一天把錢給他……」

隨著話題的進行，尤亞像是被人緊緊掐住喉嚨般，聲音變得斷斷續續。

「那時候，我滿腦子都是萬一我出了什麼事，被退學或拔除社長職位，社團的動物……波可還有其他孩子們該怎麼辦？想到這裡，我就有點慌了……」

「所以妳就發揮百分之一百二十的演技，自導自演這場『借物靈』的戲碼？」夏冬青淡淡截斷尤亞的話語，沒有讓她繼續說下去。「想不到妳意外地有這方面的天分。比起偵探，妳更適合成為怪盜也說不定。」

「不要講這種話啦，阿青，我又不是因為好玩才這樣做的。」尤亞抹抹眼角的淚水，用力鼓起臉頰。

「所以你打算怎麼做？還是乾脆一點，直接把我供出去算了？」

面對尤亞近乎自暴自棄的提議，夏冬青只是面無表情地擺擺手。

「這樣不就得把整件事情從頭再解釋一遍？我才不要，麻煩死了。」

「還是，你想拿這件事情威脅我，然後做一些……色色的事情？」尤亞緊張地抱住肩膀，「如果是阿青的話，被那樣對待也沒關係。但人家的第一次果然還是想在床上……」

「放心，我什麼也不會做的。」夏冬青毫不領情地敲了尤亞的額頭一下，眼神徹底黯淡下來。

「我來跟妳說這些，只是想確認妳的想法。既然已經警覺這麼做是錯的，那就沒什麼好說的了。」

「咦？不、不告發我嗎？」

「無聊，反正錢也沒真的弄丟，浪費時間去做那種事有什麼意義？」夏冬青白了她一眼，順手從口袋裡掏出一個折起的信封袋。

「還有，這個東西得拿給妳。」

「這是什麼？」尤亞眨眨眼，疑惑地打量遞到自己面前的信封袋。

「校外旅行費用，我的那份。」夏冬青簡潔有力地說道，「自從發生那件事情之後妳就一直沒找我收，所以現在給妳。」

「欸？」尤亞訝異地看看信封袋，再看看夏冬青，不禁背脊發涼，「我沒收嗎？」

「妳沒收。」

「完、完蛋了！」尤亞慌亂地抱住腦袋，露出「大事不好」的神情。

「意思是說……我交給老師的錢，其實還少了一點？」

「我不清楚確切情況，但多半是那樣。」夏冬青百般聊賴地點頭，似乎不怎麼在意缺繳費用的後果。

相反的，擔任班級總務的尤亞就顯得十分焦急，她一把搶過信封袋，丟下一句「不行，我得馬上跑一趟辦公室」後，就急急忙忙轉身，朝通往樓梯間的鐵門走去。

「等一下，巧克力螺旋捲。」當尤亞準備邁步狂奔時，身後傳來夏冬青平靜的聲音。

他用指尖輕點眼角，向回過頭的尤亞示意。

「眼淚，擦乾淨一點。」

「啊……」尤亞摸摸臉頰，才發現頰邊仍沾有些許未乾的水痕。要是就這麼跑去辦公室，很可能會遭到老師詢問。

她趕緊用手背把眼角擦了擦，將肌膚上最後一點濕潤感徹底抹除。

「那，我出發了！」再度抬起頭的尤亞，臉上鬱積的陰霾已經一掃而空，取而代之的是平時那略顯天真、充滿活力的模樣。

「路上小心。」夏冬青稍稍抬起手，目送女孩往樓梯間奔去的背影。

伴隨響亮的開關門聲，偌大的校舍頂樓只剩下夏冬青一個人。

……也或許並非如此。

「出來吧。」夏冬青轉過目光，朝緊閉的鐵門望去。

「妳在的吧？沐荻伶。」

在這聲呼喚下，被尤亞甩上的鐵門再度發出刺耳的金屬摩擦聲，敞開一條細縫。

從門後現身的，正是一路尾隨夏冬青來到頂樓的沐荻伶。

剛才她巧妙運用時間差，在鐵門推開的瞬間，縮身躲到門板後面，這才沒和尤亞撞個正著。

「這種時候，裝做不知道有人躲在旁邊，才是體貼男生應有的行為哦。」沐荻伶順了順在屋頂風勢下散開的長髮，勾起一抹微笑。

「那麼很遺憾，我不是那種體貼的人。」夏冬青半睜著眼，任由女孩信步來到身邊。

「不，你比我想像中的溫柔多了。」沐荻伶側身倚靠欄杆，朝校園的彼方遠眺。沿著她的目光望去，能看到發生「櫻樹下的幽靈」事件的操場邊緣。在建築物的遮擋下，那道象徵一切之始的鐵絲圍籬也隱約可見。

「我一直以為你是那種……只要能得出解答，就什麼也不會顧及的人。」沐荻伶以略帶笑意的眼神瞥向夏冬青，後者則默不作聲地別開視線。

「所以當你說出犯人是尤亞的時候，我其實滿驚訝的。明明前面有的是機會把真相說出來，甚至可以當眾揭發犯人的身分，卻用這種方式替事件收尾，真不像偵探會做的事。」

「我本來就不是什麼偵探。」夏冬青平淡地表示，「會拖到這種時候才說，也只是因為當眾解釋實在太麻煩了而已。反正巧克力螺旋捲最後也會把錢補回去，根本沒必要把事情鬧大……」

「才怪。」沐荻伶輕巧地打斷男孩的陳述，唇角泛起一絲笑意。

「你是為了保護尤亞吧？否則也不必支持那個一看就是瞎扯的『借物靈理論』，更不必事後才來揭穿她的謊言。」

「……怎麼說？」

「當眾說明自己的推理過程的確很麻煩，但當時我可是連舞臺都替你布置好了。你大可直接點出『說不定那個信封袋裡一開始就沒有裝錢』的疑點，大家自然就會把矛頭指向尤亞，根本不用費神把推理過程全部解釋一遍。」沐荻伶以清晰的邏輯分析道。

「還有，如果真的嫌麻煩，你才不會特地跑來頂樓找尤亞說話。畢竟丟掉的那筆錢已經順利補回去了，就算不揭穿真相，事件也會自行落幕。現實又不是什麼三流的校園推理小說，非得要擔任偵探的主角抓到犯人，劇情才算結束。會選擇這麼做的原因，我想只有一個……」

在這裡稍作停頓後，沐荻伶轉身直視夏冬青的雙眼。

「你知道尤亞會因此自責，才刻意這麼做的，對吧？」

「看起來像是那樣子嗎？」夏冬青挑起眉梢，不置可否地反問。

「尤亞是個善良的孩子，她比任何人都更有愛心，卻也因此更容易變得脆弱，就像……我的姐姐一樣。」沐荻伶呼出一口氣，悄悄握住拳頭。

「看到尤亞一個人跑來頂樓之後我就明白了。做出那種事，她怎麼可能不會糾結，怎麼可能不會懷疑這樣是不是錯的？」

沐荻伶舉起手，輕點夏冬青的胸膛。

「所以你讓尤亞一吐為快，當面揭發真相，逼她說出『我沒有選擇』這句話，最後再強行用結果論塘塞過去，好讓她不會自責——這就是你不惜放棄午休，也要追著尤亞跑上頂樓的原因。」

「……隨便妳怎麼想。」夏冬青垂下眼簾，沒有正面回應沐荻伶這一針見血的推論。

任由寂靜縈繞在四周好一會兒，他才緩緩抬起目光。

「我反而很意外妳居然會表現得這麼積極，沐荻伶。」

「這是什麼意思？」沐荻伶依舊保持一貫的微笑，沒有露出絲毫破綻。

「那場隨興的推理大會，不就是由妳發起的嗎？」夏冬青意有所指地點出這個事實。「像這樣親身下場攪和，還真不像妳的作風。」

從策劃了錯綜複雜的「櫻樹下的幽靈」事件來看，比起挺身展現領袖魅力，沐荻伶更習慣藏身於幕後，運用謀略與計算來達成目標。

正因如此，實在讓人很難想像她在全班同學面前說出「來推理吧」的模樣。

「就算是為了把我拱出來，這個排場也未免太大了。」夏冬青朝沐荻伶踏出一步，僅僅在一瞬間閃過犀利的眼神。

「為什麼不惜集結那些烏合之眾的力量，也要做到這種程度？妳在急什麼？」

「烏合之眾嗎……」聽到夏冬青對於班上同學的形容，沐荻伶不禁露出苦笑。「不過你說的對，或許我是真的有點急了。」

「為什麼？」

「為了不想看到有人步上姐姐的後塵。」沐荻伶以冷靜卻堅決的語調說道，「雖然不像你這麼確定，但我也大概猜到偷走校外旅行費用的犯人，很可能就在我們班上。如果真是那樣，想保護當事人，就必須盡快把他從內部找出來。」

「因為不想讓老師們插手，所以妳召開那種扮家家酒性質的推理大會？」夏冬青語帶質疑，他對同儕們的評價似乎真的不怎麼高。

「在詳情未明的狀況下，我當時已經沒有更好的選擇了……夏冬青，你也看到那群大人的做法了吧？」沐荻伶稍稍傾過頭，幾綹髮絲落在臉龐。

「無差別的搜身、讓學生互相匿名舉報，把這種事情交給他們來處理的話，就會變成那樣哦。他們不會過問你這麼做有沒有什麼苦衷，也不會顧慮其他學生的觀感，只是單純用『最方便、最直接的手段』來解決事情。」

「簡單來說，抓到犯人之後，他們就會用殺雞儆猴的方式處理吧。」夏冬青嘆了口氣，臉上又浮現熟悉的倦意，「醜化犯人的動機，或是直接把整件事情公諸於世，總之就是會把你的容身之處徹底摧毀。如果被那群人抓住，演變成任何一種情況都是有可能的。」

「沒錯，所以必須在那之前找出犯人才行。」沐荻伶點點頭。直到此刻，她的神色間仍留有一絲凝重。

「我們這個年齡層的學生很容易被周遭的言論影響，只要教師們起個頭，要讓某個人在學校失去立足之地，其實遠比想像中容易。」

不論是辱罵，還是在眾目睽睽下公然處罰，如果身為長輩的師長們帶頭抹滅某個人「身為善人的證明」，其餘學生們也很可能會群起效仿，將那個人僅剩的尊嚴蠶食殆盡。

尤其這起事件關乎到「錢」以及「校外旅行」，這兩樣橫跨教師與學生間的重要事物，只要發現任何人有動搖以上兩者的意圖，便很可能引起雙方人馬的圍剿。

假如偷走錢的犯人是被教師方抓到，其下場不言自明。

「原來如此。」夏冬青沒花多少時間就聽懂沐荻伶話語中隱晦的涵義。他微微頷首，露出深思的表情。

「妳選擇把賭注押在同班同學那邊，相信他們比起老師，更願意傾聽犯人行竊的理由，是這個意思吧？」

「只猜對一半。」沐荻伶微微一笑，「比起相信同學，我真正相信的，是自己、還有你。」

「……相信我？」

「嗯，我相信你可以在那些人起鬨的時候找出解答，也相信自己能夠引導大家，避免事情往最壞的方向發展。」沐荻伶緊握雙手，抬頭仰望正午陽光明媚的天空。

「雖然聽起來很傲慢，但自從姐姐離開之後，我就下定決心，絕不會讓類似的事情在眼前發生第二次了。」

「所以妳才召開那場亂來的推理大會，好拖延一點時間，讓自己能有更多發揮空間嗎？」夏冬青半閉著眼，有些無奈地搖搖頭，「妳們這些人，做事還真亂來。」

「沒辦法，以這次事件來說，想要徹底杜絕那種可能性，就必須搶先一步找出犯人，把問題留在內部才行。」沐荻伶回眸淺笑。

「幸好你沒有辜負我的期待，夏冬青。不枉費我排除萬難回來茗川高中，你的推理能力果然是真材實料的。」

「只是運氣好而已。」夏冬青不帶感情地別開眼，神色間再度展露往常的睏倦。「而且從結果來看，就算我們不插手，巧克力螺旋捲自己也能全身而退。那傢伙意外地有成為智慧犯的資質，妳最好把她看緊。」

「那你就得負責看緊我了。」沐荻伶湊到夏冬青耳邊，語帶笑意地低聲說道，「如你所見，我也不是什麼好人哦？」

「……才不要，好麻煩。」夏冬青眼神黯淡地推開沐荻伶，逕自往樓梯間走去。

「我要回去睡覺了，妳自便吧。」

即便遭受無禮對待，沐荻伶也沒有生氣。她目送夏冬青的背影直到門邊後，才驀然開口。

「夏冬青。」

在這聲呼喚下，男孩停住腳步。

「謝謝你保護尤亞，沒有把她供出去」沐荻伶垂下臉龐，讓長髮遮蔽住自己的表情。

「也許你覺得沒什麼，但對我們來說，能得到別人的庇護，意義其實遠比你想像中重大。」

「……單純是因為這麼做最省事而已。」夏冬青沒有回頭，而是伸手推開吱啞作響的鐵門。

「所以別謝我，沐荻伶。」

拋下這句話後，他走入樓梯間，「碰」地一聲將鐵門關上。

頃刻間，偌大的頂樓天臺只剩下沐荻伶一個人。

她緩緩抬起頭，勾起一抹淺笑。

「如果你真的這麼怕麻煩，上次又為什麼要用那種大繞圈子的方式救我呢？夏冬青。」

◆

「快跑，波可！快跟上來！」

背對西下的夕陽，身穿運動服的尤亞帶著兩隻小狗穿越校園。相較大病初癒、跑在前頭的茶褐色幼犬，平時養尊處優的小白狗波可顯得氣喘吁吁，要不是尤亞不斷拉動牽繩，牠恐怕已經就地趴下休息了。

「尤亞，剛帶牠們散步回來嗎？」

「小靜！」

正當尤亞死拖活拉地想把嚼著路邊青草的波可拖走時，將一頭長髮綁成馬尾的李靜正巧路過她身後。

身穿背心與運動短褲的女孩，颯爽地將一雙長腿露了出來。剛結束田徑隊訓練的她，全身洋溢燥熱的氣息，曬成小麥色的肌膚沾滿汗水，幾綹浸濕的髮絲也貼在脖頸處，看起來十分不好受。

即便如此，李靜的臉龐仍神采奕奕。她蹲下身，伸手摸摸在腳邊不住嗅聞的茶褐色幼犬，接著抬頭望向尤亞。

「話說回來，校外旅行費用那件事，最後學校那邊有決定要怎麼處理嗎？」

李靜指的自然是幾天前鬧得沸沸揚揚的「借物靈事件」。上萬元公款以魔術般的方式失而復得，任誰都會對校方的對應方式感到好奇。

「最後好像決定不追究了。」尤亞勉強擠出笑容，指尖下意識地緊握住兩隻小狗的牽繩。「畢竟以結果來說，也沒真的丟了什麼，不是嗎？」

「話是這樣說沒錯啦……」或許是察覺到尤亞話語中的為難，李靜揉著茶褐色幼犬的耳朵，一轉話鋒。

「對了尤亞，這隻狗狗……牠的名字已經取好了嗎？」

「取好了哦！」一講到跟動物有關的事，尤亞的精神馬上就來了。她俯身抱起茶褐色幼犬，展開大大的笑容。

「叫做『鋼鐵加魯魯獸』。」

「鋼……什麼？」李靜不敢相信自己的耳朵，緊緊皺起眉頭。

「鋼鐵加魯魯獸哦。」尤亞自豪地挺起胸膛，懷中的幼犬也配合地「汪」了一聲。

「先等等。」李靜扶著額頭，左看看尤亞、右看看鋼鐵加魯魯獸，最後才默默指向一旁伸出前腳討抱的小白狗。

「這個孩子，叫做汶可？」

「沒錯哦。」

李靜點點頭，接著將食指移向尤亞懷裡的茶褐色幼犬。

「這個孩子，叫做鋼鐵加魯魯獸？」

「嗯嗯。」

「……為什麼？」

「什麼為什麼？」

「為什麼只有一隻被取了這麼莫名其妙的名字?!」李靜抱住頭，臉上滿是難以接受的神情。

「明明『波可』就不錯啊？為什麼第二隻就取成這副德性！」

「沒辦法，誰叫這孩子還這麼小就生了重病。」尤亞理所當然地回答，「不是說愈是體弱的孩子，愈需要取一個剛硬的名字嗎？讓牠在成長過程中能逢凶化吉之類的。」

「所以妳的結論就是『鋼鐵加魯魯獸』？」

「聽起來命就很硬啊，不錯吧？」尤亞抬起下巴，得意地哼了一聲，「這可是參考某知名大學的校牛命名方式哦。」

「真的假的啊……」

很遺憾，尤亞說的都是真的。

李靜深深掩住臉，片刻過後，才無比認真地搭住尤亞的雙肩。

「尤亞，就叫『小鐵』吧。」

「咦？」

「妳想想看，鋼鐵加魯魯獸的音節有點太長了對吧？名字太長的話，狗狗會很難記住。我在想，不如之後就用小名來叫牠怎麼樣？這樣對牠的訓練也比較有幫助不是嗎？」

「鋼鐵加魯魯獸，簡稱小鐵嗎……」尤亞思索了一會兒，隨即露出燦爛的笑容。

「這提議不錯哦！」

「那就太好了。」替「鋼鐵加魯魯獸」這個毫無疑問過火了的名字找到了挽回方案後，李靜明顯鬆了口氣。

她從尤亞手中抱過茶褐色的幼犬，溫柔地摸摸牠的頭。

「小鐵，之後要努力活下去哦。」

「喂！為什麼我在這句話裡感覺到滿滿的不信任啊？」尤亞舉手抗議，卻被李靜回了個大白眼。

「會把小狗取名叫鋼鐵加魯魯獸的人，根本不值得信任好嗎？」

「咦？這個名字有這麼糟？」

「就是這麼糟哦。」李靜毫不猶豫地點點頭，無視倍受打擊的尤亞，將小鐵放回地上。

「先不說這個，尤亞，有件事情，我想妳應該會感興趣……」

「欸？難道說，小靜妳交男朋友了？」

「怎麼可能。」李靜一口駁回尤亞少根筋的詢問，從短褲口袋裡掏出一張皺巴巴的紙條。

「喏，給妳。最近這幾天一直有人在操場找到類似的東西，不過沒有人知道這是什麼。」

尤亞伸手接過李靜遞來的紙片，就著昏黃的陽光仔細查看。

只見掌心大小的紙片上，滿是黑線勾勒出的幾個歪歪扭扭的文字。該字形和常見的中、英文字體完全不同，長得像是表情各異的人臉，令人看了不禁感到毛骨悚然。

「好奇怪的字，這上面寫的是什麼啊？」

「就是因為沒人看得懂，才在運動社團間變成話題啊。」李靜聳聳肩，似乎對這件事情不怎麼在意。

「我猜可能是某個人的惡作劇吧。總之那東西就給妳了，妳有興趣的話就再找人打聽打聽吧。」

「哼哼，我嗅到了……這是謎案的味道。」尤亞緊盯手上的紙片，眼神發亮。

「別玩過頭了啊，我先回去收操了。」李靜提醒完，獨自沿著操場邊緣小跑離去，「明天見啦。」

「小靜明天見哦！」尤亞用力揮了揮手，旋即低下頭，把手中的紙片又反覆翻看了幾次。

不管是橫著看還是豎著看，這些由詭異人臉組合成的文字，都不像含有任何意義的樣子。當然尤亞也認不出這是哪一國文字，更別提用網路瀏覽器的翻譯功能解讀了。

「明天再去問問阿青好了。」

暗自下定決心後，她將紙條塞進口袋裡，一拉牽繩，往動物救援社的方向走去。

於此同時，走在回家路上的夏冬青突然打了個大噴嚏。

「……該不會感冒了吧？」

他順手抹抹鼻尖，雙眼中的倦意似乎比平時更濃了些。

——《冬青樹下的福爾摩斯01》完

後記

The New York
Coronavirus and the fear of recession
York Times

這是一個關於我朋友的朋友的故事……

啊抱歉，有點太突然了嗎？那就先來個慣例的開場白吧。

大家好，我是散狐，感謝翻開這本《冬青樹下的福爾摩斯》並一路閱讀至此的你。開頭之所以用那種方式下筆，是因為根據前幾次寫後記的經驗，我發現了一個定律，那就是——

雖然正文往往會受到審核，但各路責編大大對後記部分的態度都還挺開放的，基本上只要篇幅和內容不要太出格，都能得到編輯部的放行。

簡單來說，後記可說是一本書中的「法外之地」。

既然如此，不拿這幾百字的篇幅來做點什麼就太可惜了。意識到這件事之後，某狐腦海中瞬間閃過「拿後記連載小說」「拿後記工商」等危險至極的想法。

但本作畢竟是推理小說，就讓我分享一件最近發生在我朋友的朋友身上，無比真實卻又充滿懸疑氣息的事件吧。

某狐的那位朋友……為了方便以下就簡稱為「某狐」吧。某狐家樓下有個大型地下停車場，供住戶停放汽機車、腳踏車等交通工具。有天下午，某狐為了外出來到地下室牽車，當他走到自己停放機車的車位時，赫然發現那臺陪伴自己多年的 125cc 愛車居然消失了。

某狐前兩週沒有騎車出門，所以完全不知道愛車是何時遺失的。不只如此，這個地下室二十四小時都有警衛把守出入口，機車鑰匙也沒弄丟過，戒備可說是無比森嚴。某狐平時有隨手鎖龍頭的習慣，一般人絕不可能輕意搬動在 125cc 車型中重量偏重的愛車，因此徒手偷車的可能性可以直接排除。

為了確認愛車丟失的確切時間，某狐立刻去查看停車場的監視器。可惜愛車停放的位置剛好位於監視器死角，再加上監視錄影保存時間只有短短七天，所以沒找到任何有價值的畫面。

地下室的出入口姑且設有電子鎖，每當車輛進入時，就能透過貼在車上的條碼進行辨識並記錄時間。但基於某種理由，這個電子記錄器只能記下「車輛進入的時間」，無法記錄「車輛離開的時間」，因此無法得知某狐愛車最後一次離開車庫是什麼時候。

而最後一次進入車庫的時間，則是一如某狐的記憶，是在兩週前的下午。

當時正值疫情最嚴重的時期，透過簡訊實聯制記錄，能得知某狐那天下午先騎車去了郵局，再前往自家樓下的便利商店，最後才回到家裡。

線索大致就是以上這些。那麼，某狐的愛車究竟去了哪裡……亦或是被誰偷走了，諸位看官可有頭緒嗎？

事實上，類似這樣的鋪陳敘述，就是大多數推理小說愛用的手法。迅速丟出懸念、線索，吸引觀眾目光之餘，也逐步將讀者的思緒拖入案件的泥沼之中。

至於接下來該如何破解謎題……我只能說，這就是名偵探該登場的時刻了。

本作《冬青樹下的福爾摩斯》第一集收錄的兩個篇章中，也運用了類似的手法。至於後記提到的這個事件，礙於篇幅，就把解謎的部分留待下卷再說吧。

相信應該有聰明的快樂夥伴猜出答案了。

再次感謝閱讀至此的你，以及大力推動本作出版的三日月編輯部。我是散狐，我們下回再見。

散狐

高寶書版集團
gobooks.com.tw

輕世代 FW387
冬青樹下的福爾摩斯 01

作　　者　散　狐
繪　　者　雨　野
編　　輯　王念恩
美術編輯　張新御
排　　版　彭立瑋
企　　劃　黃子晏

發 行 人　朱凱蕾
出　　版　三日月書版股份有限公司
Printed in Taiwan
地　　址　臺北市內湖區洲子街88號3樓
網　　址　www.gobooks.com.tw
電　　話　(02) 27992788
電　　郵　readers@gobooks.com.tw（讀者服務部）
pr@gobooks.com.tw（公關諮詢部）
傳　　真　出版部　(02) 27990909　行銷部 (02) 27993088
郵政劃撥　50404557
戶　　名　英屬維京群島商高寶國際有限公司臺灣分公司
發　　行　英屬維京群島商高寶國際有限公司臺灣分公司
Global Group Holdings, Ltd.
初版日期　2023年1月

國家圖書館出版品預行編目(CIP)資料

冬青樹下的福爾摩斯/散狐著.-- 初版. -- 臺北市：三日月書版股份有限公司出版：英屬維京群島商高寶國際有限公司臺灣分公司發行, 2023.01-
冊；　公分. --

ISBN 978-626-7152-40-9(第1冊：平裝)

863.57　　　111017801